社畜ですが、
種族進化して
最強へと
至ります
JN031690
力水
Author
RIKISUI
画
かる

CONTENTS

CHARACTERS

香坂秀樹
HIDEKI KOUZAKA

所属 **阿良々木電子人事部**

雨宮梓の幼馴染みで、
許婚だけれども、梓からは
恋愛対象として
見られていない。

久坂部右近
UKON KUSAKABE

所属 **不明**

普段から袴姿の謎の男。
理性的だが、他者を
おちょくるような言動をする。

雨宮梓
AZUSA AMAMIYA

所属 **阿良々木電子研究開発部**

小学生高学年ほどの幼い容姿だが、
世界でトップクラスの頭脳を持つ
研究開発部のエース。

能見黒華
KUROKA NOUMI

所属 **聖華女子高の3年生**

中学生と間違えられるほど
小柄であるが、とても
暴力的な一面がある。

藤村秋人
AKITO FUJIMURA

所属 **阿良々木電子**
第一営業部の社畜

社畜であり、オタクでもある。
持ち前の忍耐力で
種族進化を遂げて成長していく。

クロノ
CHRONO

自称元女神

人と猫の二つの形態を
とることができる。
戦闘時には自分が武器化し
秋人の銃となり戦う。

ALTHOUGH IT IS
A COMPANY SLAVE, I REACH
THE STRONGEST
BY RACE EVOLUTION.

素っ裸になって勢いよく浴室の扉を開けた俺。

「はい?」

そこで、裏返った声を上げる
十代の黒髪の美しい少女。

いったいこの子は誰なんだ――!?

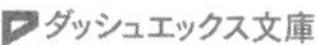

社畜ですが、種族進化して最強へと至ります

力水

序章　prologue　逃避と現実痛感と鍛錬の決意

うっぷ、マジ吐きそう。なにせ、丸二日、ほとんど寝てねぇからな。

あのサド課長、いたいけな社畜(俺たち)が逆らえねぇことをいいことに、無茶苦茶しやがって！　連日寝ずに強制労働って、マジで中世並みに人権が仕事してねぇよ。そろそろ転職でも考えるか？　確かに社会的には就職氷河期は脱してはいるが、それは新卒の募集においてであって、転職には当てはまらない。あくまで、待遇がまともな会社で転職の募集があるのは自他共に認める一流大卒のエリートさんが中心。俺のような五流大卒はアウトオブ眼中だろうさ。今更(いまさら)どこに行っても大差はないかもな。とはいえ、こんな生活続けてたらきっと死ぬぞ、俺……。

俺の愛車はアスファルトの車道を離れて細い砂利(じゃり)道へと入っていく。

既(すで)に現在、午前2時。ただでさえ人気(ひとけ)の少ない時間帯なうえに、場所も場所だ。文字通り人っ子一人いない暗がりの道をしばらく進むと年季(ねんき)の入った一軒家が遠方に見えてくる。

あれが我が家。俺の城であり、祖父から引き継いだ俺の唯一(ゆいいつ)ともいえる資産。この家があるからあの薄給でもなんとかやっていけている。まさに、俺の生命線というわけだな。うん。

広い敷地の隅（すみ）に愛車を止めて、玄関口に向かおうとしたとき、敷地の隅に煉瓦造り（レンガづく）のぽっかりとした空洞が地面から忽然（こつぜん）と生（は）えていた。

「何だ、こりゃあ？」

疲れて幻覚でも見ているとか？　数回目をこすってもまったく消える様子はないな。

まさか、テレビのドッキリってやつか？　ほら、最近頻繁（ひんぱん）にお茶の間に流されているし。結構エグいドッキリ多いからな。この間なんか、頭から無数のリアルなゴキブリの玩具（おもちゃ）を浴びせられるってのもあった。

しかし、テレビに映るか。うーん、困ったぞ。この二日間の奴隷（どれい）作業のせいでまったく気の利（き）いたセリフが思い浮かばん。このままでは、ハイテンションであのクソ根暗野郎（課長）の醜聞（しゅうぶん）を垂（た）れ流しかねんぞ。

ともあれ、全国放送されるかもしれんわけだし、身だしなみは整えるべきだろう。

月明かりの下、家のガラスに映った自分の髪を手櫛（てぐし）で軽くセットし直すことにする。客観的に見て今の俺って相当キモイよな。というか、これってリアルタイムで撮られて他の場所から爆笑されているとか？　いやいや、ドッキリは気づいていたらつまらない。生（なま）ってことはないだろうし、ここの部分は編集でカットされるんじゃなかろうか。

さて、用意も万端（ばんたん）。さっそく足を踏み入れるとしようか。テレビの初デビューだし、これがきっかけで嫁さんゲットとか？　そうなりゃあ、晴れて魔法使いを卒業し、賢者へのジョブチエンジを阻止できる。うむ、改めて考えるとこれがラストチャンスにも思えてきたな。

空洞に顔だけ突っ込んで中の様子を確認したところ、どうやら階段になっているようだ。本当に異様に手が込んだセットだな。第一、こんな空洞二日間でどうやって掘ったんだ？　まあ、いいや。現在、二日間のデスマーチで既に体力と気力は限界突破しており、考えるのも億劫だ。俺の華々しいドッキリ対策の演技をお茶の間に届けてやることにしよう。

俺は階段に足を踏み入れていく。

それにしてもこの石の階段、どこまで続くんだ。流石に人の敷地にこんな長い通路を作られては困るんだが。ちゃんと直してもらえるんだろうな。

もうこの先に階段はない。ようやく到着したようだ。

階段の下は永遠に続くかとも思える青色の石の通路。こんなの二日じゃセットするの無理だろう。人の敷地内でコツコツ掘っていたということか？　それに、こんな大がかりなセット、作るのにいくらかかかんだよ。このドッキリのプロデューサーも監督も馬鹿なのか？　人の敷地で無茶しやがって！　あとできつい喝を入れてやらねば気が済まん。

一歩踏み出すと、

《無限廻廊の初めてのプレイヤー確認。藤村秋人と認識。以後、《カオス・ヴェルト》βテストを開始いたします》

突如聞こえてくる無機質な女の声に、思わず心臓が飛び出そうになる。

び、びっくりした！　どこから聞こえたんだ、今の声？

キョロキョロと声の主を探すと、丁度石の通路の向こう側から小柄な人物が此方に向かって歩いてくる。ここでへそを曲げて、このセットを無駄にするのも馬鹿馬鹿しい。悪いのはあくまでこんなふざけた企画を考えた阿呆プロデューサーだろうし、演じ切ってやるさ。

暗がりの中さらに近づいてくる小人。マズいぞ。こんなときどんな言葉をかけるべきなんだ？　クソッ！　頭がまったく回らん。

こんにちは、いや、今は夜間だから、こんばんは、か。それとも、若者向けにヤッホーとか、チャース、とか？　えーい、ままよ！

「オッス、オラ秋人。ピッチピチの32歳だ。よろしくな！」

爽やかな笑顔で軽く右手を上げて、そう叫ぶ。

『グギィ？』

小首を傾げる役者さんと思しき人影。

ヤバい、いきなり滑ったみたいだぞ！　某国民的人気アニメの主人公のセリフは、俺的にはバッチリのはずなんだが。

少し趣向を変えてみるか。少年アニメがダメなら少女アニメだ。

「私の家に不法侵入するなんて悪人はぁ、月に代わっておしおきよぉ！」

『グガッ』

ポーズを決めるも、さらに近づいてくる小柄な男性と視線が合う。

禿げ上がった頭に皺くちゃの醜悪な顔、緑色の肌、そして腰蓑一つしか着けていない小柄な体躯。どの角度から見ても、ファンタジー小説でよくでてくるゴブリンだ。

まさかこの滑らかな動きでロボットじゃないだろうし、すごいレベルのメイクだな。

しかし、どうすんべ。完璧にただ滑りしているぞ。プッ、クスクスっ、はいカットー、という筋書きを期待してたんだけど、やはり、プロには効かぬようだ………と現実逃避してみたけど、実際には二つともこの前の忘年会で一人もクスリともしなかったからな。負け惜しみですよ！　はい！　クスンッ……。

「ガギッ！」

ゴブリン役の俳優はこん棒を振り上げると俺に殴りかかってきたが、やすやすと避ける。

あのこん棒もゴム製か何かなんだろうが、いかんせん、俺は避けるのだけは滅法得意なんだ。あんな振り回すだけの攻撃では絶対に当たらんし、届かんぜぇ。

フヒヒ、ほれほれ、どうした？　これでおしまいか？

心の中でどこぞの漫画の小悪党のような台詞を吐きながら、次々に繰り出されるこん棒による攻撃を避け続ける。

『ギギッ！』

ゴブリン役の俳優もこん棒をぶん回し続けて疲れたのか、肩で息をしていた。

「あのー、お疲れのようですし、そろそろやめませんか？」

面倒になってきた俺は老婆心ながらそう進言するも、

『ギガッ！』

そう激高するとゴブリン役の俳優は再度こん棒を振り上げ、すごい速度で突進してくる。

「おう!?」

この速度は予想外だ。咄嗟に鼻先スレスレで躱すが、ゴブリン役の俳優は少しせりあがった石床に足を取られてしまい、弾丸のような速度で頭から吹っ飛び壁の角に大激突してしまう。

ゴキリッと生理的嫌悪を感じる音が鳴り響き、ゴブリン役の俳優の首は根元からポッキリあらぬ方向へ折れてしまっていた。

「は？」

あんぐりと大口を開けて目の前の現実を呆然と眺めていると、

《ゴブリンを倒しました。経験値を獲得します。

ドロップアイテム――【ゴブリンのこん棒】を獲得しました。

藤村秋人が【無限廻廊】内への初侵入、【無限廻廊】内での魔物の初討伐、初討伐での無手、初討伐でのノーアタック、初討伐でのノーダメージの全条件を満たしました。

権能――【万物の系統樹】を獲得します。

【万物の系統樹】の獲得により、成長率に補正がかかります》

機械のような女の声が脳裏に反響し、ゴブリンの身体が粉々に弾けて黒色の石がゴトリと地面に落ちる。

なんだ、今の声？　それに今のゴブリンって、ホログラムか？　いや、それにしては思いっきり壁の石を砕いているぞ。この黒色の石、内部が真っ赤に発色しているな。それに、これってあの砕け散ったゴブリンが持っていたこん棒か？

黒色の石をポケットに入れて床に落ちたこん棒を手に取ると、ズシリと重さが右手に伝わる。というか重くて振れんがな。しかも相当硬い。ゴムマリでは、断じてない。つーか、打ち所が悪ければ死んでるぞ！　というか、これで殴られたら俺、どうなってたんだ？

ありえたかもしれない事態を思い浮かべ、背筋に冷たいものが走り抜ける。あのゴブリンモドキの正体は不明だ。だが、少なくとも俺に殺意を持っていたのは間違いない。

「じょ、冗談じゃねぇよ」

汗を拭いゴブリンのこん棒を床に放り投げたとき、背後に迫る無数の足音。

ぎぎっと恐る恐る肩越しに振り返ると、十数匹のゴブリンたちが此方に疾走してきていた。

「はは……嘘だろ？」

俺のチキンな心は、脊髄反射のごとく回れ右を肉体に命じて全力疾走を開始する。

『グガガッ！（※マテやっ、コラ！）』

『グギギギ！（※ぶっ殺されたくなければ止まれ、ゴラァ！）』

『ギガガッ！（※きっちりケジメ、つけさせてやるけーのぉ！）
※全て臆病者な秋人の脳みそが勝手に変換した妄想です。
背後からの大勢の足音。

ヤバいって、あの数で襲われたらマジで死ぬべさ！

ぎゃーす！　ぎゃーす！　助けてくんろぉ！　神様、仏様、カイ○ウ様、もう二度と銭湯にチ○コ洗わずに入りません。新年の始めに神社であの巫女さんとエロいことできますようにと祈ったことや、パンチラや胸チラが神様の思し召しだと宣ったことを撤回しますぅ！　だから、だからぁ、助けてくださいぃ！

（おう、許すぜ！）

そんな天の声が聞こえたような気がしつつも、数段飛びで階段を駆け上がっていく。

そして外に出ると物置小屋に飛び込み、使い古された家具のありったけを運び出し、その入り口を覆い隠すように積み重ねていく。

「一体、何なんだ？」

地面にへたり込みながら、俺はそう呟いた。


その日、着替えもせずベッドに直行したが、寝ついたのは朝方。しかも起きたのは朝の7時。

ふはは、休日に初めて7時に起きてしまったよ。あまり嬉しくない初体験だ。

そんなこんなで、今は気怠い身体に鞭打ち朝食を作ってテレビを眺めながら飯を食っている最中だ。

「しかし、本当にあれ夢じゃなかったんだな」

ポケットの中に入っていた黒色の石を取り出し、そう独り言ちる。

内部が赤色に発光するという特徴以外特段変わったところのない黒色の石だが、この存在はあの現象が嘘偽りない現実であることを明確に示していた。

さて、どうするかな。あんな怪しげな施設がなぜ、我が家の敷地に生えたのかは想像すらつかないが、普通に考えれば真っ先に警察に駆け込む事案だろうな。

まあ、俺は普通じゃないから通報はしないがね。

え？　なぜかって？　決まってんだろ。ここは、爺ちゃんが俺に残してくれた思い出の地。土足で他人に踏み荒らされたくはないからさ。

入り口を塞いだ結果、ゴブリンどもはこの地上には出てこれない。色々理由は考えられるけど、奴らがあの階段を上ってきた気配はなかった。奴らあの地下の中でしか移動できないんじゃね？　だとすれば、ひとまずあの施設の存在自体は俺の生活に影響は与えない。そう理解すべきだろうな。

にしても、ゴブリンねぇ。丁度今読んでいるネット小説みたいだな。今読んでいる小説では、日本が突然、異世界と繋がり魔物が跳梁する世界へと変わってしまう。少年はそんな中、悪戦苦闘しながらも、仲間たちと力を合わせて様々な苦難を乗り越えて行く。そんなストーリーだ。

「あの小説では、ステータスオープンで全てが始まるんだよな」

ピコーンと電子音が鳴り響き、視界いっぱいに出現するテロップ。

○名前：藤村秋人
○レベル（社畜）：1
○ステータス
・ＨＰ10　・ＭＰ５　・筋力１
・耐久力２　・俊敏性３　・魔力１
・耐魔力２　・運１　・成長率ΛΠΨ
○権能：万物の系統樹
○種族：社畜（ランクＨ――人間種）――ランクアップまでのレベル1/6
○スキル：なし

マジか……ホントに出やがったよ。しかも、種族が社畜って、流石にそれはないんじゃなかろうか？　いくら俺でも泣くぞ。泣いちゃうぞ！

冗談はさておき、成長率が文字化けしているし、何より、能力値が低すぎる。特に筋力、魔力、運は1。俺ってとんでもなく弱いのな。幼少期にはこれでも結構鍛（きた）えたはずなんだがね。これは、とりあえずあのダンジョンは封印（ふういん）だな。確かに、あの迷宮にこのステータス。小説、ゲーム好きを自称する俺にとっては心が躍（おど）る気持ちもある。

しかし、これは小説でもゲームでもなく現実だ。俺のモットーは、いかに楽して生きるか。どこぞのネット小説の異世界召喚（しょうかん）勇者じゃあるまいし、命を懸（か）けて己（おのれ）を鍛えるなど馬鹿馬鹿しくてやっていられるか。

あのダンジョンは塞いでおけば安全とわかったし、急に眠くなってきたな。

二度寝をしようかと、立ち上がるが――。

『速報です！　街中（まちなか）に怪物が出現し、多数の犠牲者（ぎせいしゃ）が出た模様ですっ！』

テレビのアナウンサーが興奮（こうふん）により顔を真っ赤に染めながら、そんなバカみたいな言葉を口にしていたのだ。

――阿良々木電子（あららぎでんし）。

いつものように書類と格闘しフラフラになりながらも給湯室へ足を運び、珈琲（コーヒー）で一息ついていると、女性社員たちが真っ青な顔で話し込んでいるのが視界に入る。その内容など、いちいち、聞くまでもないけど。

「近くでまたゴブリンが出たんだって……」

「怖いよねぇ」

あの日以降、世界各地で魔物が発生するようになり、たまたま居合わせた市民が犠牲となった。もっとも、魔物はゴブリンやスライム、三角兎、ビッグウルフのような魔物がほとんどであり、その数も大したことはなく、成人男子が複数いれば、危なげもなく討伐可能なものばかりだった。当然警察や自衛隊なら楽勝で対処可能であり、速やかに駆逐されている。とはいえ、野犬の群れが野放しになっているのと大差ない。怖いものは怖いんだ。

ちなみに、あれからテレビやネットでステータスについて調べたが、どのテレビ局やサイトもその話題には一切触れていなかった。ダンジョンに足を踏み入れた際に俺をβテストのプレイヤーとして認めるとアナウンスがあったし、あのダンジョン攻略のβテスターしか適用されない性質のものなんだろう。もちろん、俺にしか見えないなら口にしても頭がおかしいと思われるだけだから、公言はしていないし、これからもするつもりはない。

「秋人先輩も休憩かい？」

振り返ると誰もいない。顎を引くと、膝までの伸ばした長い金髪をぱっつん刈りにしたちっちゃな女がいつもの眠そうな青色の瞳で俺を見上げていた。

「おう、ロリっ子もな」

「雨宮梓だ！　君もいい加減、その呼び方を止めたまえっ!!」

小学生高学年ほどの幼い外見だがこいつ、これでも24歳らしい。まさに人類が生んだ不思議現象の一つと言える。三次元の女には聳え立つ大きな壁を感じてしまい碌に話せぬ俺でも、まるで男友達のように接することができる貴重な異性だ。ちなみに、こいつの髪の色と瞳は母親がアングロサクソン系の米国人であり、それを強く受けついだからだと思われる。

「で？　噂では今、例の黒色の石についての研究をしてるって聞いたが？」

今一番聞きたかった話題を振ってみた。

「ああ、本社からの指示で今色々実験をしている最中だが、あれはすごい石だよ」

雨宮は研究開発部のエース。実家が近いという理由で阿良々木電子に就職した変わり者。親会社たる本社から熱烈なアプローチを受けているが、断り続けているらしい。

「新エネルギーの鉱物資源だったか？」

あの魔物の出現以来、あの黒色の石が市場に出回ることになった。そしてその黒色の石が、エネルギー発生の媒体になることが判明してから、世界各国は文字通り目の色を変えてその収集に乗り出している。米国ではすでに軍や州警察ではなく、民間の企業が傭兵を雇って実戦部隊を組織し、魔物狩りを優先的に請け負っているらしいしな。

「ああ、だけどそれだけじゃない。様々な特性があるんだ。それは――」

「それ以上はいい。機密事項だろ」

俺の若干呆れ(じゃっかんあき)たような口ぶりの指摘(してき)に、

「そうだな。ボクも少し話し過ぎたようだ」

雨宮は誤魔化(ごまか)すようにゴホンと咳(せき)をする。

「じゃあな。そろそろ部長の雷(かみなり)が落ちそうだから俺は戻るぜ。最近物騒(ぶっそう)だ。十分気をつけろよ」

「うむ、肝(きも)に銘(めい)じておくよ」

俺は残り少ない珈琲を飲み干し、第一営業部へと戻る。


今日は珍(めずら)しく残業がなく定時に帰宅できた。理由は第一営業部で月一回の飲み会があるから。そんな飲み会など開く余裕と暇(ひま)があるなら一般の会社並みに余暇(よか)を増やせと考えているのは俺だけではあるまい。こんなときボッチは気楽だ。何せ誘われすらしないからな！

「じゃあ、お先です！」

荷物をまとめて会社を逃げるようにして出る。途中のゲーム販売店ＧＡＯで本日発売のゲーム——【フォーゼ——第八幕】の初回限定版を購入。

俺は基本、どんなジャンルも均等(きんとう)に好む雑食だが、【フォーゼ】だけは格別だ。

フォーゼ——突如、怪人や魔物が出没するようになった世界で狐(きつね)の仮面をつけた主人公の高校生、柊亘(ひいらぎわたる)が活躍するヒーロー活劇。その小さなゲーム会社から出された一本のＲＰＧは、その緩い絵のタッチや動物の仮面をしたヒーローが怪人や魔物をやっつけるというありきたりな内容から、当初あまり人気は出なかった。だが、そのキャラクターの濃さや複雑な人間関係、そして感動的なラストにより、次第に口コミで人気を獲得していく。そしてこの第一幕がアニメ化されたのを契機に大ヒットする。それからがフォーゼの快進撃の始まりだった。元々、ストーリーも大筋ではわかりやすく面白かったこともあり、小学生低学年から大人に至るまでこのゲームとアニメに熱狂するものが続出した。そういう俺も【フォーゼ第一幕】のアニメを幼少期に観てハマったタイプだ。毎日徹夜でプレイしたのが懐かしいな。

　明日から二日は連休。気兼ねなく休みが取れる日など滅多にない。家で朝からゲーム三昧の悦楽の日々を送ってやるぜ。

　ディスカウントショップで飲み物と菓子類をしこたま買い込んだし、あとは腹ごしらえが終われば準備終了だ。

　ハンバーガーショップ――マンモスバーガーへと入り、ドリンクとチーズバーガーを注文、奥の隅の席についてモシャモシャと食べていると――。

「やあ、先輩、奇遇だね。前の席、失礼するよ」

　雨宮が丁度俺の正面の席にトレイを置いて座る。

「おう。ロリっ子もな。お互い定時に帰れて何よりだ」

「その不愉快極まりない呼び方を止めたまえ！　ボクは24歳だといつも言っているだろ!?」

「はいはい。お前が合法ロリっ子なのは重々承知しているよ」

席につきプクーと頰を膨らませつつ、雨宮はそっぽを向いていたが、

「先輩はなぜボクにだけそうなんだ？　他の女性とは全然態度が違うじゃないか？」

そんな聞くまでもない疑問を口にする。

「お前が特別だからじゃね？」

「と、特別？」

素っ頓狂な声で聞き返してくる雨宮に、

「ああ、特別だな」

そう断言してやる。なんたって異性とまったく意識しない三次元女は、シャイな俺にとって非常に貴重な存在だしな。

「先輩の気持ちは嬉しいが、ボクはまだ先輩のことをよく知らないし、そんな対象として見たことなかったし……」

全身真っ赤になりながら俯いて意味不明なことをブツブツと呟く雨宮に、

「いいから早く食えよ。冷めると不味いぞ？」

早く食べるよう促した。

「うん……」

小さな口でハンバーガーにかぶりつく雨宮を眺めながら俺も食べるのを再開する。

さっきからサイレンが五月蠅いくらい鳴り響いている。魔物が街に出現するようになってからはよくあるし、それはいい。問題はその音が次第に近づいてきているということ。肌がヒリヒリする。ここにいたくない。

「雨宮、出るぞ」

立ち上がり、雨宮を促すと、

「う、うむ」

頷いて席を立つ彼女の小さな手を引いて外に出ようと一歩踏み出した時——女の劈くような悲鳴が鼓膜を震わせる。と同時にマンモスバーガーショップのガラスが割れ、全身血達磨の男が店内に転がり込んできた。

次いで、一斉にあがる悲鳴をバックミュージックに、割れた窓ガラスの大穴からノソリと店内に侵入してくる両手に鉈を持った豚頭の魔物。豚の頭に2メートルにも及ぶ巨軀。見るからに以前目にしたゴブリンとは、格が違う。あれってゲームなんかによく出てくるオークか？冗談じゃねぇよ。ゴブリンでも死にそうだったってのに、序盤でオークなんて無理ゲーもいいところだぞ。

（おい、雨宮、走る用意はしとけ！）

小声で促すも、雨宮は黙ったままオークを凝視するだけで微動だにしない。そしてそれは雨宮だけではなく他の客たちも同じ。まさに、猛獣と偶然出くわした心境なのかもな。

（雨宮！　惚けてる場合じゃないぞ！）

雨宮を引き寄せると耳元で小さく叫ぶ。

（う、うん）

ようやく覚醒した雨宮は小さく頷く。そんな雨宮を俺の背後に隠す。

最悪なのは店舗の中でもここは出入り口から最も離れたフロアの隅であること。せめてあの入り口に近い場所ならば、助かる可能性はぐっと上がるんだけどな。そして、俺のその予想は実にあっさりと裏切られる。

「ひぃぁっ！」

出入り口に隣接する席に座っていた中年の男が奇声を上げながら、店から出ようと走り出す。

オークは一瞥すると無造作に右手に持つ鉄の鉈を逃げる中年の男に投げつけた。鉄の鉈は回転しつつ、逃げる男の後頭部に深々と突き刺さり、

「くぇ！」

男は短い断末魔の声とともに絶命した。

「ひぃ！」

「いひぃや!!」

それからはまさに阿鼻叫喚だった。パニックになり逃げようとしたＯＬはオークの丸太のように太い右腕で首の骨を叩き折られる。尻もちをつきつつも後退る坊主頭の男子高校生は鉄の鉈で首を刎ねられた。

逃げようとしたものからじわじわと殺される。まるで、俺たちに決して逃げられぬことを見せつけるかのように奴は一人一人なぶり殺しにしていく。

俺はというと、むせ返るような鉄分の匂いに、喉にせりあがってくる酸っぱいものを吐き出したい欲求を必死に我慢しつつも、指一本動かさず眼前の現状を眺めていた。

店内の客を殺し尽くし、豚頭は遂に俺たちに向き直る。逃げようにも奴と俺では身体能力に差があり過ぎる。動いた時点で俺らに待つのは確実なる死。

くそっ！　俺は選択を誤った。こんな化物にホイホイ遭遇するくらいの世の中になっているとは夢にも思わなかったんだ。これなら、あのダンジョンでゴブリン相手にコツコツレベル上げをしていた方がよほど安全だった。まあ、今更言っても後の祭りだが。

『ぐふぅー！』

豚鼻から息を吐き出し、奴は鉄の鉈を片手にゆっくりと近づいてくる。

奴の顔が歪む。その表情は無力な子羊にすぎない俺を嘲笑っているようで、それがどうしょうもなく俺の心をざわつかせていた。

極度の緊張状態の中、数秒後の己の死をはっきりと認識し、自分の歯がみっともないくらいカタカタと鳴っているのが聞こえる。

オークは俺の眼前まで来ると、鉄の鉈を振り上げた。その時――。

――ドン！　ドン！　ドン！

銃声が複数響きわたり、オークの巨体が横っ飛びに吹っ飛ばされる。

すぐにオークはヨロメキながらも起き上がると、

『グオオオォォォォッ！』

顔を上げて咆哮し、巨体とは思えぬ速度で割れた窓から外へと飛び出していく。そして鳴り響く銃声と爆発音。俺は今も泣きながら震えている雨宮を抱きしめると部屋の隅で蹲り続けた。

数分、いや、数十秒に過ぎなかったかもしれない。遂に銃声や爆発音が止み、沈黙が訪れる。次いで防弾スーツにヘルメットで厳重装備した者たちが店内に雪崩れ込んできた。

「怪我はありませんか？」

俺たちに近づくと特殊部隊員と思しき女性が安否を尋ねてくる。俺は今も腕の中にいる雨宮を彼女に渡して立ち上がろうとするが、足は思うように動かず、よろめき地面に倒れる。

「大丈夫ですか!?」

もう一人の男性隊員に気遣われるも、今の俺にはそれに答える余裕はなく、その手を振り払い、血肉だらけの店舗の床を踏みしめてなんとか外に出る。

舐めていた。あのような怪物が跳梁するような場所に、この世界は既に変貌してしまっている。遅かれ早かれ、また危機的事態に陥るだろう。今回俺が生き残ったのは、ただの偶然、ただの運だ。このままでは次は確実に死ぬ。

俺が心の底から求めるのは平穏無事な生活だ。そして、この世界で俺が今の平穏な生活を維持するためには、自分を鍛えることが不可欠なんだ。なら、もう日和見はすまい。一切の妥協なく鍛え抜いてやる。

堺蔵市警察署集合霊安室。

至る所から聞こえてくる、すすり泣く遺族の声に、刑事――赤峰律は、下唇を痛いくらい噛みしめていた。

助けられなかった。現場にいたのに、律は市民を守る刑事なのに、あの豚の化物に腰を抜かして震えているだけだったのだ。そんな不甲斐ない自分のせいで信念と有能の塊のような刑事が死んだ。あの豚の化物に殴られて、実にあっさり命を落としてしまったのだ。

「デカ長、すいません、私……」

デカ長の棺の前で痛いくらい拳を握り締めていると、

「赤峰、そろそろ行くぞ」

「はい」

同じく目を腫らした同僚の先輩刑事――不動寺に促されて律は頷き、重い脚を動かす。


ハンバーガーショップ店での客の生存者は二人。

一人は雨宮梓。容姿は子供のようだが、24歳、律と同世代だ。よほど怖い思いをしたのだろう。彼女の怯えようは尋常ではなく、聴取は当分できそうもなかった。

今はもう一人の生存者、藤村秋人に事情聴取しているところだ。

「それで片隅で震えていたってわけだ」

むごたらしい事件について淀みなく話す藤村秋人に背後の先輩捜査官たちも大層動揺しているのがわかる。当然だ。十数人の人が目の前で死んだんだ。普通ならそのショックでしばらく口がきけなくなってもおかしくはない。なのに、藤村秋人からはオークに対する嫌悪感以外、大した感情は感じられなかった。だからつい、

「君は大勢死んだのになぜ、そんな平然としていられるのですか？」

律は強い口調で尋ねてしまった。

自分はあれからあのむごたらしい現場を思い出すたびに嘔吐しているというのに、彼の落ち

着いた様子に、どうしても納得がいかなかったのだ。

「うん？　別に平然となどしちゃいねぇよ。ションベン漏(も)れそうなほど怖かったってさっき言ったろう？」

　さもおかしなことを聞くもんだと小首を傾げる藤村秋人。

「違うっ！　そういうことを聞いてるんじゃないっ！」

　律が真に聞きたいのは、なぜ、あれだけ凄惨(せいさん)な現場をこうも簡単に割り切って過去のこととして語れるのかだ。

「赤峰、やめろ、彼はあくまで被害者だぞ？」

　先輩刑事の不動寺に叱咤(しった)され、ハッとなって慌(あわ)てて口を噤(つぐ)む。

「それより、雨宮は大丈夫なのか？」

「ええ、彼女は問題ありません」

　実際は相当怯えていたが、彼女は藤村秋人が楯(たて)になっていたこともあり、実際に人が殺されるところをほとんど見てはいない。事が事だけに今は動揺しているが、時間が経(た)てば普段の彼女に戻ることは経験上、わかる。

「そうか。ならいいや」

　藤村秋人は安堵(あんど)したようにほっと胸を撫(な)で下ろすと、

「全て話したし、もう帰っていいか？」

聴取の終了を申し出てくる。

「……」

同席した先輩刑事たちに視線を向けると軽く頷いてくる。

「聴取はこれで終わりです。ご協力感謝します」

立ち上がり礼を言うと、藤村秋人も右手を上げて部屋を出て行ってしまった。

「あれは普通じゃないな……」

不動寺がボソリと口にすると、

「同感です。今まで散々人の死を見てきた自分でも昨日のあの事件現場を見て、吐きそうになりましたからね。自分が彼の立場なら、あれほど理路整然と説明する自信はありませんよ」

もう一人の同席した刑事が相槌を打つ。

いつもなら埋もれていた著しく危険な異常的特性。それが今回のような非日常的事態に遭遇したことで顕在化した。そう考えるべきなのかもしれない。

「こんなのいつまで続くんでしょうね？」

ゲームに出てくるような魔物が現れるようになってから何度思ったかしれぬ疑問を、律は口にした。

「さあな、だが俺たちは刑事。市民を守らねばならん。今まで通り、職務を全うするだけだ」

「そうですね」

まるで自分に言い聞かせるように言葉を発して席から立ち上がる不動寺に律も頷き、

（デカ長、もう絶対に私、負けませんから！）

心の中で強い決意の言葉を繰り返したのだった。

事件の次の日の早朝、警察が訪ねてきて任意同行を求められる。事件はあのクソオークが原因だとわかっている。だから、その事実の確認だけですぐに解放された。

印象に残ったのは俺の事情聴取を担当した女刑事が感情的になっていたことと、やけにぱっつんぱっつんのスーツを着ていたということぐらいだろうか。

ちなみに、その女刑事曰く、雨宮は特に問題ないそうだ。連絡先など知らんから直接話してないが、仮にも警察が大丈夫と断言するんだ、心配はあるまい。

そして今朝、会社からまさかの12日間の自宅休養を命じられた。今回の事件は全国ニュースとなっている。体裁上、会社も休ませないわけにもいかないんだろう。

そんなこんなで、この2週間弱で怪物にエンカウントしても逃げられる程度に鍛え込む必要がある。でなければ、怖くて街中もろくに歩けんしな。

流石にマッチョの小人と肉弾戦をする気にはなれず、貯金を取り崩してネットでクロスボウと斧を注文する。丁度、魔物の出現等で大量入荷していたらしく無事購入することができた。

さらにショッピングセンターで冒険に必要と思われる食料や物品を多量に買い込む。

ではさっそく【無限廻廊】とかいうダンジョンの探索だ。正直、気が進まないというのが本心だが、生き残るには通らざるを得ない道だな。

クロスボウは小型で持ち運びやすく、次の矢を素早く装填できるものを選択した。斧も腰に括りつけられるよう小型なものにした。まず、一匹ずつエンカウントしたゴブリンをクロスボウで倒す。二匹以上なら原則逃亡。それが無理そうなら、一匹を倒して逃げやすくしてから逃亡。こうやって、少しずつレベルを上げていく。無茶は最大の敵である。これが、俺のゲームでのモットーであり、今回の探索指針だ。

ヘッドライトを頭部にアックスホルスターを腰に装着し、ホルスターに小型の斧を収める。そしてクロスボウを持って、さあ準備完了だ。

「よし！　行くぞ！」

俺は【無限廻廊】に足を踏み入れる。

まず優先的に確かめるべきはクロスボウでゴブリンを倒せるかだ。あまり考えたくはないが、それがダメなら次は斧で急所を狙うしかなくなる。

階段を下りた所に陣取り、クロスボウを構える。ここならば矢がはずれてもすぐに階段を駆け上がればいいしな。

尻がむず痒いような居心地の悪さに耐えつつ待つこと数分、向こうからヘッドライトの明かりに引き寄せられるように、一匹のゴブリンが此方に歩いてくるのが視認できた。

俺はクロスボウの照準をゴブリンの身体の中心に定める。ここを狙えばどこかには当たるだろうし。射程は俺の腕を考えると5、6メートルがせいぜいだと思う。

――ゴブリンまで10メートル。

――ゴブリンまで8メートル。

――ゴブリンまで6メートル。

今だ！　トリガーを引き、迫るゴブリンに向けて矢が高速で射出された。

『グギッ？』

矢はヒュンと風切り音を上げて空中を疾駆し、ゴブリンの眉間に深々と突き刺さる。

矢を顔面に突き立てたまま、糸の切れた人形のように仰向けに倒れ込むゴブリン。俺は即座にクロスボウを脇に置くとアックスホルスターから斧を取り出して構える。これで死なぬようなら斧で首をぶった切るのみ。

だが、俺の期待通りゴブリンの身体は弾け飛び、黒色の石がゴトリと落ちる。

《ゴブリンを倒しました。経験値を獲得します》

以前聞こえた抑揚のない女の声が頭の中で反響する。

よっーしゃぁっ！　これでクロスボウの有効性が証明されたぞ。あとはこの地道な作業を繰り返すのみ。

2時間後、通算、20匹のゴブリンを倒したとき――。

《Lv UP。藤村秋人はレベル2になりました》

頭に響く声とともに眼前に開くテロップ。

★レベルアップ！
藤村秋人の《社畜》がレベル2になりました。ステータスは以下のように修正されます。
・レベル　1↓2　・HP　10↓20　・MP　5↓11
・筋力　1↓4　・耐久力　2↓6　・俊敏性　3↓8
・魔力　1↓4　・耐魔力　2↓5　・運　1↓3　・成長率　ΛΠΨ
・ランクアップまでのレベル　1/6↓2/6

ステータス更新の表示まで自動でしてくれるのか。どこまで親切なゲーム仕様だよ、これ！

それよりステータスだ。各ステータスが数倍に増えている。実際に現実の能力が倍化というわけにはいかないんだろうが、それでも期待はしてしまうよな。

試しに前方のゴブリンに向かって思いっきり右足で石床を蹴ってみた。次の瞬間、耳元で風が鳴り、眼前にはポケーとした顔のゴブリンが佇んでいる。

「うおっ⁉」

咄嗟にヤクザキックをゴブリンの土手っ腹にぶちかますと、サッカーボールのように床を転がって行き、頭から通路の壁に激突して細かな粒子となって霧散する。

おいおい、マジでパネェなこれ。体感的にも本当に能力が数倍化してんぞ。レベルが1上がるだけで無視し得ない差がつくのはレベル制ロープレの醍醐味だが、まさか現実で味わえるとはな。少し面白くなってきたぞ。

俺は某国民的ロープレでは序盤で出没するメ〇ルスライムを狩ってしこたまレベルを上げてから、「オラオラ、何だぁ？　そのショボイ攻撃はっ！」とかドヤ顔で宣いつつストーリーを進めるタイプだ。意味もなく序盤でコツコツ鍛える系の作業は俺の琴線を殊の外刺激する。

さーてゴブリン君たち相手に、どこまで鍛えられるかなぁ。楽しみだ。

俺はゴブリンを相手に本格的なレベル上げに没頭し始めた。

雄叫びを上げて迫ってくる3匹のゴブリン。その真ん中で先頭を走るゴブリンのこん棒が俺の脳天に振り下ろされる寸前で直角に飛ぶ。

『ギガ？』

俺の姿を見失ってキョロキョロしているゴブリンの背後に回り込むと右手に持つ斧で首を刎ね、次いで隣のゴブリンも斧を心臓めがけて振り下ろし、殺害する。間髪入れずに放った俺の左の裏拳が残された最後の一匹の頭部にクリーンヒットし、そいつは首が捻じ曲がり、壁に叩きつけられてやはり、粒子となって消え去る。

「さあさあ、ゴブロウ君、ゴブミちゃん、きっちりぶっ殺してやるから、かかってきんしゃい！」

まあゴブリンにメスがいるのかは不明だけれども。

それから1日半、俺は調子に乗ってゴブリンを討伐し続けた。もちろん、こんな無茶なペースで倒し続ければ、すぐに魔物などいなくなる。特にこの階は少し大きなアトラクション並みの広さしかないこともあり、今では2～3時間で全ゴブリンを駆除し得る。ではなぜ、倒し続けられるかというと、この迷宮、約5時間でリセットされ魔物が再出現する性質があるからだ。

レベルは既に5。だが半日以上前から、依然としてレベルは5のまま。ここではこれ以上のレベルアップは望めまい。そろそろ2階層へ進むべきかもな。ぼんやりとそんなことを考えながら、クロスボウで遠方のゴブリンの眉間を打ち抜いたとき――。

《LvUP。藤村秋人はレベル6になりました》

いつものレベルアップの際に出現するテロップ。俺の各ステータスは、HP60、MP37、筋力16、耐久力22、俊敏性28、魔力16、耐魔力20、運12まで上昇していた。

ここまでは今までと同じ。違いはランクアップまでのレベルが6／6となり、次のテロップが新たに出現したことだ。

★レベルアップ特典

・《社畜》がレベル6となりスキル──【社畜の鞄(アイテムボックス)Lv1】と【社畜眼(アプレイズ)Lv1】を獲得しました。

・《社畜》がレベル6となり称号──【社畜の鑑(かがみ)】を獲得いたしました。

あのな【社畜の鞄】って普通にアイテムボックスでよくね？　そこまで貶(おとし)める必要なくね？
それに【社畜眼】ってどんな目だよ。どっかの魔眼(まがん)かよ!!　社畜の目がビカーンって光りでもするってか！　『アプレイズ』のルビなきゃ意味わかんねぇよ。
詳(くわ)しく知るにはこれだろうな。点滅しているスキルの項目を人差し指で触れると──。

スキル：特定の種族が獲得できる特殊な能力
・【社畜の鞄(アイテムボックス)Lv1／7】：ものをほんの少しだけ貯蔵できる社畜の鞄(かばん)。
・【社畜眼(アプレイズ)Lv1／7】：色々なものをほんの少しだけ鑑定できる社畜の観察眼。

予想通りの機能。両方とも便利には違いないんだろうが、なんかあんますごそうに思えんな。

というか、このネーミングセンス、絶対俺に喧嘩売ってんだろ？　すげぇ悪意を感じるわ。

まあいい。次は称号だが、【社畜の鑑】って……社畜を極めた覚えなんてねぇよ。第一、称号ってなんだよ？　この点滅している称号の部分に触れろってことだろう。

……………………………………………………………………

○称号：功績を挙げた者若しくは、特定の種族を極めた者に与えられる栄誉であり恩恵。

・【社畜の鑑】：通常の20分の1の睡眠で疲労やMPを完全回復できる。

……………………………………………………………………

大して眠らなくてもよくなったって？　何気にスゲーな、社畜マスター！　まあ、この称号は「寝ずに働くことこそが、社畜の鑑なり」のような意味だろうし、俺的には相当複雑な心境だが。でもこれで会社が終わってからレベル上げをすることができるようになった。それに、余暇ができた分、【フォーゼ第八幕】をようやくプレイできるぞ。何せずっとお預けだったしな。そう考えれば結構スゲー称号なのかもな。

さて次が最後のテロップだな。

★ランクアップ特典!!

【万物の系統樹】により【社畜】のレベルが6となり、ランクアップの条件を満たしました。

以下から、ランクアップする種族を選択してください。

・ホブゴブリン（ランクG――鬼種）
・平社員（ランクG――人間種）
・チキンハンター（ランクG――人間種）

おい！　人間止めるにしても、ホブゴブリンはねぇだろ!!　流石に選択したからといって腰蓑一つでグギッとかグガッとか言うようになるとも思えんが、しかし目下その狂った状態が現実化している。楽観視するのは危険かもな。

それはそうと、他の二つの平社員とチキンハンターは、種族ではなく職業だと思うんだが。特にこの平社員ってのは、多分社畜の上位職だろうし。

ホブゴブリンは論外だとして、選択肢は平社員とチキンハンターの二択か。平社員は面白そうだが、今は手っ取り早く力をつけたい。ここは【チキンハンター】かな。

まあいいや、物は試しだ。【チキンハンター】に触れて確認画面が出たので《ＹＥＳ》を押すと、『【チキンハンター】にランクアップします』、そう宣言する無感情な女の声。

「あれ？　何ともないぞ？」

パタパタと自身の身体に触れて確かめていると、

――ドクン！

心臓が跳ね上がり、鼓動が加速する。そして、体の中心から湧き上がる耐えがたい熱。同時に、ハンマーで直接脳を殴られたかのような頭痛が断続的に生じる。

「く、くそ……」

悪態をつきつつも、俺は必死で地上に出るべく走りだす。

階段に到着するころには、視界はぐにゃりと歪み、まるで二日酔いのごとく嘔吐感が何度も襲ってくる。階段の途中でゲロを吐き、すっきりするとまた地上を目指す。

地上に戻ったことを確認し、安堵の息をついた途端、俺の意識はあっさりと消失した。

首相官邸閣僚応接室。

部屋の中央の、楕円形のドーナツ型テーブルの各席には日本国の首相や閣僚たちが、軍服やスーツ姿の者たちとともに、会議に臨んでいた。

「堺蔵市で今度は豚頭の怪物が出現したと?」

老年に差しかかった細身の男が形の良いカイゼル髭を摘まみながら、のんびりと疑問を口にする。

「オークですよ。総理」

筋肉で押し上げられたパッツンパッツンのスーツを着用した巨軀坊主の男が即答する。

「スライムや、オークにゴブリン。まさに息子がやってるゲームだな。馬鹿げている！」

閣僚の一人が吐き捨てるように呟く。

「でもそれが今の現実ですよぉー、まさか、これまで目にした光景はゲームで嘘だとでも言うつもりですかぁ？」

袴姿の目が線のように細い男の、人を小馬鹿にしたような台詞に、

「そういう意味で言ったのではない！　ただの皮肉だ！」

不愉快そうに顔を歪めながらも激高する閣僚。

「やめろ、右近、お前、少々口が過ぎるぞ」

巨体で坊主頭の男の、鷹のような鋭い眼光が袴姿の男――右近に突き刺さる。

「これは失敬」

肩を竦めると右近は口を閉じた。

「それにしてもスライムやゴブリンといった雑魚と違って、今度のオークとやらには、相当苦労したそうじゃないか？」

「苦労といっても特殊急襲部隊（SAT）が現着してからは一瞬でしたがね」

黒髪パーマの若作りの男は、得意げに眼鏡のフレームをクイッと上げる。

「市民はそうは思ってはいないようだがね」

「ああ、完全制圧までに警察官が4人殉職、一般市民は43人も犠牲になった。マスコミは警察への不信感を煽るような報道を連日続けている。政権にも飛び火してくるし、えらい迷惑だ」

黒髪パーマの男はむっと目を尖らせて、

「お言葉ですが、SATの到着が遅れたのは、どこぞのお気楽な方々のしばらく様子を見るようにとのありがたいご指示によるのですが?」

皮肉を口にすると、居心地が悪そうに数人の閣僚が視線を逸らす。

「米軍ですかな? 彼ら、あの魔物どもに大層執着しているようですしね」

「彼らが興味あるのは、魔物というより、あの奇跡の黒石についてだろう?」

「魔物から取れるあの不可思議な石ですか。情報ではゴブリンの石1個で高層ビル数十棟の電力を数週間、賄えるほどのエネルギーがあるとか」

「確かに、そんな石を効率よく確保できる手段があるなら、原子力や化石燃料に代わるエネルギー資源となる。まさに将来のエネルギーの主役となるでしょうよ」

静まりかえった室内に、閣僚のゴクッと喉を鳴らす音が響き渡る。

「くふふ、米軍が黒石の収集目的のみで動いているとはどうしても私には思えませんがね」

右近が頬杖をつきながら、ボソリとそう口にする。

「なら君は米軍の目的は何だと思っているのかね?」

「さぁ、とんと見当もつきませんねぇ」

「ならば、その無駄に意味深な発言を止めたまえ!!」

「これは失礼。確かに仰る通り、私の見解などこの際どうでもいいですねぇ。今は魔物をいかに迅速に効率よく駆除するか、その方法を考えるべき時だと思うのですが、どうでしょう？」

「儂も右近に賛成だ。どの道、魔物の早急な駆除が最優先事項なのは誰も異論あるまい。総理、本官は魔物を討伐する機関の設立を進言いたします」

巨軀坊主の男が立ち上がり、一礼する。

「魔物討伐の組織ですか。確かに、国民を守る手段は必要でしょうね。具体的には？」

巨軀坊主の男が右近に視線を向ける。右近は軽く頷くと立ち上がり、

「では私から説明させていただきます」

その説明を始めたのだった。

トントントン！

規則正しく鳴る、まな板を叩く音に瞼を開けると、見慣れた天井が視界に入る。ここは爺ちゃんから受け継いだ我が家。

布団から這い出て音のする台所へ行くと、艶やかでサラサラの栗色の長い髪の少女が包丁を片手に野菜を手慣れた手つきで微塵切りにしていた。

「朱里、来てたのか？」

大きな欠伸をしながらテーブルのいつもの席に腰を下ろし、ブレザーの上からエプロンを着けた美しい少女に挨拶をする。少女は手を止め、まな板の上に包丁を置くと振り返って、

「この寒空です。あんな場所で寝ていたら、いくら兄さんがアレでも風邪をひきますよ！」

いつものように腰に両手を当てて目を尖らせ、淡々とそう言い放つ。

「え？　アレって？」

「もちろん、ご想像通りの意味です」

笑顔で返答する妹殿。目が微塵も笑っちゃいない。おまけに、毒舌を通り越して悪口となっている。ヤバいな。こんな時は決まって、朱里は相当怒っている。だから――。

「う、うむ、それで今日はどうしたんだ？」

話題を変えることにした。

「用がないとここに来てはいけない。そう、兄さんは仰るんですか？」

朱里の発言はいつも棘があるが、決して攻撃的ではない。ここまであからさまに喧嘩腰なのは、年に一回あればいい方だ。大方、朱里の悪い癖でもでたな、こりゃ。

俺は大きなため息を吐いて朱里に近づくと、その頭に右の掌を置く。

「んなわけねぇだろ。ここは爺ちゃんの家だ。お前を拒むような場所じゃねぇ。わかるな？」

「……」

ジワーと次第に朱里の目尻に涙が滲んでいき、無言で頷く。そして、俺に抱きつくとその顔を胸に埋めてくる。どうにもならぬ不安が一定レベルを超えると癇癪を起こす。こいつも、よくも悪くも変わらねぇな。


約一時間、妹殿の泣きながらの説教を受けてようやく彼女の怒りと不安の源が判明した。

どうやら例のオーク事件に俺が巻き込まれたことが実家に伝わったらしい。あのとき連絡先も告げずに立ち去ったからな。警察関係者が安否確認のために親元に連絡したのだろう。

あの親父や兄貴たちが俺なんぞを心配するはずもない。一家の団欒の席で無様に震えていた俺を嘲笑でもして、それを朱里が耳にした。そんなところだろう。

今は表面上ようやく機嫌が戻った妹殿と夕食を食べているところだ。

「うん、美味いな。朱里もなかなか上達したんじゃねぇ？」

柔らかで甘い食感。美味いが豚肉とも牛肉とも鶏肉とも違う。これって何の肉だろ？

「ええ、色々なペットの本を研究しましたから」

ペットって……お前、サラッとすごいこと言うのな。

「あのぉ、ちなみに朱里さん、このスープの肉って何の肉なんで？」

何げなく尋(たず)ねる俺に朱里はニコリとほほ笑む。

「アンジェリカちゃんのごはんを拝借(はいしゃく)しました」

「ア、アンジェリカ？」

そういえば、以前そんな名前のペットを飼い始めたという朱里のメールが入っていたような。

まずいな、いやな予感しかしないぞ。

「私が最近飼ったニシキヘビです」

「蛇畜生(へびちくしょう)のごはん？　いやいやいやいや、それってまさか――」

「ええ、ネズ――」

「あーあー、聞こえない！　マジで聞こえな――いっ！」

大声を上げて朱里の不吉極(きわ)まりない言葉を遮(さえぎ)っていると、プッと朱里が口元を手で押さえて勝ち誇ったような小悪魔的な笑みを浮かべる。

「冗談です。そんなわけがないじゃないですか。普通のラム肉ですよ」

そして依然(いぜん)として笑みを浮かべながら呆(あき)れたように、〝まったく兄さんは〟と首を左右に振る。

こいつ！　俺から連絡なかったことをまだ根にもってやがるな。ともかく、いい機会だ。朱里にはきつく言っておかなければならないことがある。

「最近は物騒(ぶっそう)だし、来るならもっと早い時間に来いよ」

「でも兄さん、今の時間じゃなきゃいないじゃないですか！」

口を尖らせて反論する朱里。そういや、確かにあのクソ課長の嫌がらせで特に最近休みなく馬車馬のように働いていた。会社に寝泊まりなんてざらで碌に家に帰れなかったな。

「来るなら連絡しろ。駅まで迎えに行く」

複雑な家庭の事情により、幼い朱里の面倒を見ていたのはずっと俺だった。そんなこんなで朱里にとって俺は、兄というよりは父親兼母親に等しい。どうせ来るなって言っても来る。その方が、まだ安心できるってもんだ。

「わかりました。次からそうします」

嬉しそうに頷く表情から察するに、きっちり電話はかけてくるだろう。あとは俺が迎えに行けるかだが何とかするしかないな。

夕食を終えて学校の話題など朱里の話に耳を傾けた後、夜も遅くなってきたので、

「じゃあ、家まで送ろう」

席を立つが、

「何言ってるんですか。私、今日はここに泊まりますよ。大丈夫、あの人たちには部活の合宿と言ってありますし、お泊まりセットも持ってきてます」

俺にドヤ顔で親指を向けてくる朱里。この我が儘娘め。面倒なことを。

「いや、しかしだな――」

「それにお忘れですか？　兄さんより私の方がずっと強いです。夜中に下手に帰って魔物に襲

われる方がずっと危険です。嫌ですよ、私、兄さんを守りながら戦うのは！」

朱里の奴、きっとこれを狙っていたな。できる限り、迷宮の探索を進めたかったのだが、致し方ないか。それに、親父や兄貴たちと話がついているなら別に俺に拒む理由はない。逆に奴らに朱里を連れ帰った事情を説明するとすこぶる面倒な事態に陥りそうだ。

「わかったよ。だが、明日の朝には学校まで送り届けるぞ」

「うん！　それでいいです！」

無邪気にはしゃぐ朱里に俺は深いため息を吐いた。

次の日の朝、我が儘娘を堺蔵高等学院まで送り届けた後、帰宅途中にコンビニで熱い珈琲を買って飲んでいると、通りの向こうの歩道で三人のＤＱＮに囲まれた中学生と思しき少女が視界に入る。
囲んでいるのはスーパーサ〇ヤ人のごとく金色の短めの髪を立たせた男、頬に蜘蛛のタトゥーを入れたスキンヘッドにサングラスの男、そして、スーツに胸元を開けたシャツを着た茶髪のチャラ男。あのチャラ男はともかく、金髪男とスキンヘッドは相当、喧嘩慣れしてるな。どうしてわかるって？　もちろん、カ・ン・さ！　というかあれだけ、脳味噌に使うべき栄養を

すべて筋肉に使ってますぅって外見してれば一目瞭然だと思うぞ。

で、どうしよう？　見捨てるのはなしだ。俺って基本薄情だし、これは正義感というよりは妹の朱里がいるから。あの手の餓鬼はどうしても見捨てられない。それだけだろうな。

では、行くとしよう。通路を横切り三人のＤＱＮと女子中学生へと近づいていく。

「悪いこと言わねぇから、止めとけって」

「あぁ!?　んっだ、おっさんっ!?」

スキンヘッドの男が、俺の前に来ると首をアホみたいに傾けて、ねめつけてくる。

俺はわざとらしく大きく肩を竦めると、

「今のこのご時世で中学生はいかん、いかんなぁ。たとえ合意でもロリコンの誹りは免れねぇし、社会から完全抹殺される。下手をすればマスコミどもがお前らの家に大挙して押し寄せるぞ」

大声で有難い説法を垂れてやる。

「て、手なんて出さねぇよ。ライブのチケット余ってるからどうかって誘っただけで……」

「世間はそうは見ないな」

親指を通行人へと向けると、近所のおばちゃんたちがヒソヒソとこちらを見て噂話をしていた。ほら、俺の声ってデカイからさ。

「で、でもこの子、聖華女子高の制服着てるぞ？」

若干口ごもりながらもチャラ男が黒髪の中学生に人差し指を向ける。

聖華女子高っていわれても、俺はその手の事情に疎いから知らねぇわ。それに、高校生でも十分アウトだと思うぞ。まあいい、こいつらの基準では女子高生はセーフらしいし、たまにはDQN目線で考えてみるか。

「女子高生ねぇ」

俺は己の顎を摘まみながら、今も据わった目で俺を見上げている黒髪の中学生に視線を落とす。

長い癖毛の黒髪を黒色のリボンによりサイドでまとめ、黒色の長いニーソックスを穿き、左の胸ポケットに花の校章が刺繍されている赤色の制服を着ている。確かに一見高校生っぽい恰好だが、雨宮並みの小柄な体躯に、幼さの残る顔。

「いや、どう見ても中学生だろ」

俺の断言に顔を見合せて、奴らは声を潜めて話し始める。

「中学生って話が違うぞっ！　有名女子高の制服だってお前が言うから！」

「お、俺のせいかよ!?　お前らだって可愛いって言ってただろ！」

「そりゃ、可愛い。間違いなく可愛いさ。だけど、改めて見ると――」

女子中学生をチラリと見る。

「ジャンル違くね？」

「「だよなぁ」」

どうやら、納得した様子だ。うんうん、そうだよ。それが健全な男子ってもんだ。

「あー、用事思い出した。呼び止めて御免(ごめん)ねぇ」

チャラ男が両手を合わせ、それを合図に三人とも周囲を気にしながらそそくさと近くに止めてあった車に乗ると逃げるように走り去ってしまう。

うーん、幼気(いたいけ)な女子中学生を助けて、なおかつ、ＤＱＮ君たちが変態(ロリコン)ＤＱＮにクラスチェンジすることを防いだ。良いことをすると気持ちがいいものだ。

再度、黒髪女子中学生に視線を落とすと、全身を小刻(こきざ)みに震わせていた。

俺は前屈みになると、黒髪中学生に視線を合わせて、

「もう怖いお兄ちゃんたちはいなくなったから早く登校しなさい」

最高の作り笑いを披露(ひろう)した。

「私は……」

さらに女子中学生の震えは大きくなる。

「うん？　なんだトイレか？　トイレならそこのコンビニでも行って――」

「私はもう18歳だぁぁぁッ!!!」

まさに悪鬼の形相(ぎょうそう)で黒髪の女子中学生もとい、女子高生は両手を固く握り俺の全身に嵐のような鉄拳を浴びせてきたのだった。

暑苦しいスキンシップが終了し、路地裏の壁沿いに置かれた段ボールに腰をかけて只今、休憩中だ。

「悪かったよ。まさかそのなりで、18歳だとはつゆ思わな——」

黒髪の少女は、俺の頭部のすぐ脇の壁をめがけてその小さな足で蹴りつける。おいおい、今、コンクリートにヒビ入ったぞ。この女、どんな馬鹿力してやがんだ?

「もう一度、復唱してみなさい。あんたにその勇気があるならね」

女子高生が壁に当てた足に力を入れると、さらに亀裂が深まる。

いーけないいんだ、いけないいんだぁー、勝手に私有物壊しちゃだめなんだぞ!

「ときに、いいか?」

笑顔で恐る恐る両手を合わせて尋ねると、

「ええ、かまわない」

「眼福です」

眩い純白に合掌する。偶然のパンチラは天から授かった恩恵。たとえ中身に微塵も興味がなくても、ここは両手を合わせて神に感謝するべきなのである。

「眼福?」

眉を顰めて彼女は俺を眺めていたが、ようやくその意味に気づき全身を紅潮させていく。そして、

「この野獣（ケダモノ）ぉぉッ!!」

即座にスカートを押えると、今度こそ本当に俺をぶちのめして全身で怒りを表現しながら去って行ってしまった。

マジでひどい目にあった。あの馬鹿力童女め。無茶しやがって！　俺のステータスが低いままだったらきっと大怪我（けが）してたぞ。まあ、俺が傷一つつかないからムキになったが故（ゆえ）の暴挙だったかもしれんけど。

だが、あいつのステータスからすれば、あんなDQNなど返り討（う）ちだ。完璧（かんぺき）に藪蛇（やぶへび）だったな。

我が家に戻ってきたことだし、気を取り直して、探索を開始しよう。

本日は【無限廻廊】地下2階以降の探索だ。俺は既（すで）にそこを探索するのに十分な強さを得ているはず。ならば、あとは慎重に先に進むべきだな。

まずは今の俺の能力の確認だ。

ステータスは、HP80、MP65、筋力21、耐久力24、俊敏性35、魔力20、耐魔力22、運16となっている。

予想通り、Lv1に戻っているがステータスの能力値は減少しておらず、逆に増えている。

種族のレベルが上がると同時に能力値は上昇していく。そしてそれはクラスチェンジしてもリセットされず、保持されるようだ。つまり、クラスチェンジをすればするほど俺は強くなるってわけ。いいんじゃないか、わかりやすくて。

あと、【チキンハンター】のランクアップまでのレベルは、1/20と表記されている。つまり、レベル20ってわけか。いいね、俄然ゲーマー魂が刺激されるじゃないか！

種族とスキルについては、昨日寝る前に少し試したので大体把握している。

まず、【社畜眼Lv1/7】により調査できる項目がいくつか増えていた。

種族について調べてみよう。

種族――【チキンハンター】
・説明：臆病な狩人。逃亡率が上昇し、長距離武器に僅かに威力と命中補正がかかる。
・ランク：G
・種族系統：弓系下位（人間種）

微妙だな。逃亡率の上昇と僅かな威力と命中補正か……社畜とどっこいどっこいじゃなかろうか。早くレベルを上げて次の種族にランクアップすべきだな。

そして物の鑑定。このように何か物を手に持って『アプレイズ』と念じると一応の鑑定ができるようなのだ。例えばこのゴブリンの黒石だが――。

★魔石―ゴブリン
：ゴブリンの魂が結晶化したもの。様々な用途で使われる奇跡の石。
・魔石ランク：H

こんなふうにテロップが出てくる。

それにしても、魔石ね。益々、ゲームだな。この魔石の使い道は依然として不明だが、ぼちぼち調査していけばいい。

次が、【社畜の鞄Lv1/7】。これは特定のものを指定して『収納』と念じると大抵の物は取り込めるようだ。しかも、ご丁寧にリスト化もしてくれる。

【社畜の鞄Lv1/7】と念ずると俺の眼前に大きな鞄の絵が出現した。そして、その鞄の絵に右手で触れると収納されているアイテムの名前とその個数を示したテロップが現れる。ちょうど今、先ほど収納したばかりのサンドイッチ×3、お握り（鮭）×2、お握り（明太子）×3、牛乳900ml×3と表示されていた。

さらに、別に触れたりしなくても意思一つで物を出し入れできた。

ヘボい名前の割に相当な便利スキルだ。とりあえず、必要そうなものは全部収納しておこう。

こんなところか。では、さっそく地下2階へと進むとしよう！

降り口の階段の位置はとっくの昔に特定している。ゴブリンを駆除し、すぐに階段へと降りて行く。

地下2階も風景は上の階とさして変わりはしないが、強いて違いを言えばあれだろうな。

『グエェ！』『クエェェッ!!』

羽虫のようにうじゃうじゃと群れを成し、空中を疾走する双頭の鶏ども。ここはこの鳥系の魔物の群生地帯となっているようだ。

丁度俺に向かって一直線に突っ込んできたので、左手で摑み取る。こいつらの運動神経は大したことはなく、避けることはもちろん、こんな芸当さえできるほど俺とは身体能力に差があった。少々、ゴブリンでレベルを上げ過ぎたのかも。そんなことをぼんやりと考えながら、【社畜眼】をかけてみると、『ニワ・トリ（ランクH――魔種）』とのみ調べることができた。名しかわからないのは、【社畜眼】のレベルが1だからだと思う。

それにしても、ニワ・トリって、双頭の鳥だから『二羽、鳥』ってか？　駄洒落かよ！　しかも俺の宴会芸レベルで薄ら寒いぞ！

このシステムを作った者に妙な共感を覚えながらも、その右手に握る鶏の首をへし折ると、その全身は粉々に砕け散り、魔石と肉の塊がドサッと石床に落下する。

そしてほどなく、『ニワ・トリを倒しました。経験値とSP(スキルポイント)を獲得します』、と天の声が鳴り響く。SPとは多分、ゲームでよくあるように、これを獲得することにより各スキルのレベルを上げられるんだと思う。

それより、この肉、なんだろ？　肉を掴み、社畜眼(アプレイズ)で鑑定をかけると、『ニワ・トリの肉――七面鳥より少し上質な鶏肉。食料ランク――下級』と表示された。

いわゆる食材系のドロップアイテムってやつか。食料までドロップするんかよ。このダンジョン、すげぇな。まさか、宝箱まであったりして？　はは……まさかな。だが、もしかしたら――。そんな期待のこもった言葉を呟きつつも、俺は2階層の攻略を開始した。

2時間後に地下2階の魔物は一匹残らず駆逐(くちく)できた。最初はクロスボウで撃ち落としていたが、そのうち面倒になってきて、前もって自宅の庭に転がる小石を沢山(たくさん)拾ってアイテムボックスに詰め込んでおいたので、それを投げて倒す。

そして――。

「マジでありやがったよ」

俺の眼前には、ゲームで頻繁(ひんぱん)にお目にかかる木製の宝箱。トラップの可能性もある。触らぬ神に祟(たた)りなしがセオリーだが、好奇心には勝てそうもない。だって、考えてもみろよ？　宝箱だぜ？　あの宝箱が目の前にあるんだ。ここで開けないのは、宝箱に失礼というものだろ？

それに、某超人気レトロゲームのように、民家に不法侵入して宝箱を家探しするのはまずいが、これはダンジョン内の所有者なしの宝箱。つまり、第一発見者の俺のものだ。うむ、完璧すぎる理論構成じゃないですかぁ!!

我ながら気持ち悪い高笑いをしながらも、宝箱を勢いよく開ける。

これは指輪か？　ワクワクしながら、指輪を鑑定にかける。

シェイムリング：羞恥心に比例し30分間ステータスが向上する指輪。ただし、一度使用すると効力を失う。

・アイテムランク：一般（2/7）

要は恥ずかしければ恥ずかしいほど、強くなる指輪ってわけね。冗談のような内容のアイテムだ。しかも一度限りの使い捨てときた。お世辞にも使えねぇよな。というか使う状況に遭遇したくない。期待していた分だけ、落胆は大きいが、まだ2階層の宝箱だ。もとより、こんなものなのかもしれないな。

それから、八つ当たり気味にニワ・トリを狩りまくり、ニワ・トリの肉、10kg×87をドロップした。ニワ・トリ数百匹を倒して上昇したレベルは1のみ。この調子ではいつまで経ってもレベルが上がらない。敵が多少強く感じるようになるまで先に進むべきかもな。

第2章 Chapter 002 トランクスマン

【チキンハンター】に進化してから8日が経過し、俺は【無限廻廊】地下7階まで到達する。

3~6階層は2階層までとは一転して、かなり広大になり、ゴブリン、ニワ・トリが混在するようになる。5階層から鹿の胴体に馬の頸部及び頭部を持つ、ウマシカとかいう化物がその中に混ざる。

『バヒヒヒーン！』

立派な二本の角を生やした馬面の気色悪い鹿がけったいな声を上げつつ俺に突進してきたので、それを目と鼻の先で避けると、斧でその首を力任せに一閃する。

斧がウマシカの長い頸部に突き刺さると同時に、その首はあらぬ方向に折れ曲がり、粉々の粒子となって砕け散る。

そろそろこの斧も限界だ。刃が完全に切れなくなっており、今や撲殺用の凶器となっている。クロスボウも現在無理に使わなくても十分倒せるから、まったく使用していない。今後、新たな武器が必要となるよな。

俺のレベルはあれから遂（つい）に12の大台へと突入し、全能力値（ち）も80付近まで上昇している。

スキル――【社畜の鞄（アイテムボックス）】と【社畜眼（アプレイズ）】は共にレベル5まで上昇した。

アイテムボックスの方は、収容可能容積が著（いちじる）しく増えて収容物の劣化速度の低下という機能も追加される。一応実験もかねて家の物置小屋もアイテムボックス内に入れてみたが、楽々収納することができた。

アプレイズの方は、鑑定可能な対象物が大幅に増えて、自分より格下の敵に限り、その能力値まで鑑定できるようになる。

ただ、あれからレベルは既（すで）に12になるのに攻撃系のスキルは何一つ獲得していない。ここまでゲームに似せてあるなら魔法の一つくらい覚えたいぜ。まあ、基本撲殺で事足りるので、まったく困っていないのが現状ではあるんだけど。


現在、家から最も近くにある大型ショッピングセンター――GOSYU（ゴーシュ）堺蔵（さかえぐら）支店に衣服や食料の購入のため訪れている。GOSYUは食料、衣服から、家具類、電化製品までその種類と数が豊富で俺の家からも近く、頻繁（ひんぱん）に利用している。

戦闘で衣服はすぐにボロボロになる。作業服のようなものが必要だったのだ。加えて以前から不足していたトランクスと靴下なども買い込む。

食料はもちろん日用品をここまで大量に購入したのは、生まれて初めてかもな。ほら、俺ってずっと今の爺ちゃんの家から出たことなかったから、一度に購入する必要がなかったんだ。

　これで粗方調達したし、ラーメンでも食ってから帰るとしよう。

　ショッピングセンター内の行きつけのラーメン専門店に向けて歩き出したとき、ばったりと以前会った暴力女子高生に出くわしてしまう。

「なんで、ここにあんたがいるのよ？」

　ふくれっ面で俺に尋ねてくるので、

「それは、俺がここに買い物に来ているからだ」

　堂々と一目瞭然の回答をしてやった。

　ダメージを負わないとはいえ、ボカスカ殴られてもかなわんし、退散すべきだろうな。

とはいえ、実際のところなぜかこいつに殴られてもあまり嫌じゃないんだよな。

　いやいや、別に俺ってそんな救いようのないドMじゃないはずだぜ。とっととラーメン食って、家に帰ってレベル上げだな。

「じゃあな」

　右手を上げて、ラーメン店に入ろうとするが、右手首を掴まれてしまう。

「なんだよ？」

　黒髪少女は僅かに頬を紅色に染めてそっぽを向きながらも、

「以前の謝罪とお礼」

そんな意外極まりないことを口走ると俺を引きずるようにしてラーメン店へと入っていく。

俺の正面の席でぶすっとしかめっ面をしている黒髪女子高生。

うーむ、状況が飲み込めんな。なぜ、俺はこいつと昼飯を食っているんだろう？

「ごめん」

目線を合わそうともせず、謝罪の言葉を口にする黒髪女子高生。

「なにが？」

「助けようとしてくれたのに、殴ったこと」

「ほー、一応、状況は理解していたのか」

「あんたが私を侮辱したことは許せないけど、助けようとしたことは事実だから」

「そうかい。ならもういい。だから気にするな。そして二度と俺に関わるな」

どうもこの少女は苦手だ。別に殴られたことを恨んでというわけじゃない。むしろ逆。こいつとの暴力的なスキンシップに、不快さどころかどこか安らぎのようなものを感じてしまっているから。ほら、こんなのただのマゾヒストの変態だろ？

「……」

驚いたような、そしてショックを受けたような強張った表情で俺を見上げる黒髪女子高生の姿を目にして、俺は深いため息を吐く。

「嘘だ、嘘。冗談だ。俺の発言をいちいち真に受けるなよ」

「……」

からかわれたとでも思ったのだろう。再度、眉を寄せるとそっぽを向いてしまう。

やっぱり、こいつは苦手だ。

ラーメンの麺を、音を立てて豪快にすすっていると、

「能見黒華」

黒髪少女が唐突に口にする。

「ん?」

「私の名前、あんたは?」

正直これ以上この少女と馴れ合いたくないんだが、まあ名前ぐらいならいいか。

もっとも、全て馬鹿丁寧に答えるつもりもない。

「芦屋秋人」

芦屋は俺の母の旧姓。たまに芦屋の姓を名乗ることはあるし、これなら偽りではあるまい。

「アキト……ありふれた名前なのに、変態のようにしか聞こえないのは、私にあんな変態行為をしたあんたの行いのたまものだね」

何度か俺の名前を反芻していたが、黒華はさも可笑しそうにクスクスと笑みを零す。

「んー、お前に変態行為なんてしたっけ？」

まったく心当たりがないな。

「わ、私のパンツ見て、はあはあ、言ってた!!」

黒華は顔を真っ赤に染めると、俺を指さして人聞きの悪いことを言いやがった。おい、今の発言で周囲から相当白い目で見られたぞ！

「心外な。俺が興味あるのは二十歳以上のボンキュッボンのお姉ちゃんだ。中学生のパンツなど見ても興奮などしやしない」

大げさに、首を左右に振ってやる。

「だから、私は――中学生じゃないっ!!」

案の定、俺の横っ面をひっぱたくべく放たれた掌は、俺の頬の直前で止まっていた。ほう、寸止めか。成長したな。ま、プランクトンからミジンコにランクアップした程度にすぎないが。

それにしても、黒華って……そうだ、確かに似ていると思っていたら、雨宮と似ているんだ。

むろん、両者の外見は全く似ても似つかない。雨宮はブロンドだし黒華は黒髪。雨宮は黒華よりも幼い外見だ。それにどこか眠たそうなやる気のない雨宮に対して、黒華は睨みつけるような鋭い目つき。性格も基本温和な雨宮とは対照的に、黒華は暴力的。ある意味対極の二人。

だが、俺が揶揄った時の反応など、仕草一つ一つの纏う雰囲気がよく似ていた。

「わかった、わかった。それより、麺が伸びるとまずくなる。食べちまえよ」

「……」

ぷりぷりしながらも、麺をすする黒華に苦笑しながら、俺も麺を食べる。

会計を済ませる。もちろん支払いは俺だ。

黒華が金を出すとかほざいていたが、両親からもらった金で、生意気言うなと一喝したら歯ぎしりをしつつも従った。素直なんだかなんなんだか。どうせ黒華とはもうこれっきりだし、どうでもいいがね。

「じゃあな、最近物騒だし、気をつけて帰れよ」

「余計なお世話!!」

イーと白い歯を見せて威嚇してくる黒華に背を向けて歩き出したとき――。

《運営側からの通告――《カオス・ヴェルト》βテスト、臨時クエスト――【ハーイオークコック隊の襲来】が開始されます》

突如、頭に響く無機質な女の声と、目の前に現れるテロップ。

◆βクエスト：ハーイオークコック隊の襲来

説明：ハーイオークは、元気な人間の肉が大好物のオーク。配下のオークコック30匹を引き連れて、GOSYU堺蔵支店を占拠した。ハーイオークたちの食事場と化したGOSYUを解放し、平和を取り戻せ！

クリア条件：ハーイオーク及び配下オークコック30匹の討伐。

なんじゃこりゃ？　クエストってMMORPGで国とか冒険者ギルドとかの組織が斡旋するあれか？　要約すると、人食い豚がこの施設を占拠したから討伐せよ、ということか？

「まさかな……」

流石にそんな馬鹿馬鹿しいこと、あるわけないか。脳裏に浮かぶ不吉な考えを振り払うべく首を左右に数回振る。

「これなんだと思う？」

黒華が憂わしげな表情で俺を見上げながら尋ねてくる。もちろん、尋ねてきているのは、このテロップだ。

「お前、そのテロップが見えるのか？」

「うん」

するてーと、このクエストは俺にだけ示された試練ではない。ここの来客全てに対してのクエスト。

「クエストってGOSYUの新しい催しかなぁ？」

「さあ、そうなんじゃない。出よっか？　私別にゲームに興味ないし……」

「そうだね」

どうやら、このＧＯＳＹＵにいる全員に提示されているようで、周囲の客も眉根を寄せながらも話し込んでいる。

「すぐにここを出るぞ！」

この肌がヒリつく感じ、あのオークの襲撃の時と同じだ。嫌な予感しかしない。ここから早急に立ち去るべきだ。

俺は黒華の細い右手首を摑むと、ショッピングセンターの出口に向けて走り出そうとする。

その刹那――耳を劈くような女性の悲鳴。それを契機に建物が何度も震動し、大勢の怒号や足音、鼓膜を痛いくらい震わせる轟音がショッピングセンター内に響き渡る。

「ビンゴか！」

振り返るとホールの奥からこちらに雪崩のように押し寄せてくる群衆。

その悪夢のような光景に頬を引き攣らせながら、俺たちも出口に向けて走り出す。

既に大勢の客たちが正面出入り口に集まり、固く閉じられたガラス張りの扉を開こうとしていた。

成人男性数人がかりでもピクリとも開かないことからして普通じゃない。きっとこれは――。

「あ、あれっ!!」

茶髪の青年が床に尻もちをつき震える人差し指で一点を指し、悲鳴のような叫び声をあげる。

そこには、【H－I――元気ですか？】と書かれたハチマキをしたコック姿の人面豚が、右手に大きな肉切り包丁を持ち、エスカレーターから降りて来ていた。

「くそがっ！」

この後に起こる事態が明確に予想でき、俺の口から悪態が漏れる。

案の定、一呼吸遅れて、奴の左手にある真っ赤な液体で濡れた丸いものを視界に入れて民衆は、文字通りパニックに陥った。若い男、若い女、子供に老人、誰もが悲鳴を上げつつ、あの人の生首を持った豚の怪物から遠ざかるべく蜘蛛の子を散らすかのように走り出す。

マズいなこれってきっとあの豚どもの思うつぼだ。

当然のごとく、正面出入り口から左側の通路へ走り出して、さらに右に曲がろうとしていた中年男性の首が飛び、頭部が地面に叩きつけられる。首をなくした頸部から噴水のように鮮血が吹き上がり、糸の切れた人形のようにドサリと倒れこむ。

そしてコック姿のオークが、ゆっくりと左の通路から現れる。同時に、右側の通路からもコックオークが現れた。

「囲まれたか……」

俺の呟きに隣にいたガタイの良い男が、

「どいてください！」

脇に設置されていた長椅子を軽々摑むと、ガラスに叩きつけた。

金属製の長椅子だ。防弾ガラスでもなければ、ヒビくらい入ってしかるべきだ。なのに――。

「馬鹿な……」

絶望の声を上げるガタイの良い坊主頭の男。当然だ。ガラスにはヒビ一つ入っていなかったんだから。

やはりか。第一、大人複数人がかりでもビクともしないガラスの扉など聞いたこともない。多分、このクエストをクリアしない限り、外に出られないし、救助も来ない。そういう仕様なのだろう。

だとすれば、様子を見ている意義もない。オークどもにはでかい借りがある。借りっぱなしは性に合わない。この機会を利用し、返済しておきたいところだ。

その点、鑑定の結果からいっても、あの【オークコック】のステータス平均は20。俺の今のステータス平均は80。あいつら自体は、俺にとっては雑魚に等しい。

しかし、以前のオーク事件で俺は事態を楽観視しすぎて痛い目を見た。ここは、慎重に行動すべきだ。そして、俺がこのクエストをクリアすれば、良くも悪くも目立ちすぎる。そうなれば、マスコミどもに俺の家にあるダンジョンの存在が知られる可能性は否定できない。もしあのダンジョンが公になれば、政府に強制的に差し押さえられる危険性が高い。あの場所は爺ちゃんとの思い出の地。誰にも渡すつもりはない。だとすると、俺という存在の秘匿は必須。

つまり、クリアすべき条件は二つ。豚どもを確実に倒すことと、俺とバレずにこのクエストをクリアすることだ。この条件二つを同時に満たす方法に俺は心当たりがある。だが、それには俺という存在を知る黒華の注意をそらす必要がある。

（さて、どうしたもんかね）

黒華は一歩前に出ると、オークコックを睨みながら重心を低くし独特の構えをとる。あの構え、幼少期に散々させられた構えとどことなく似ている。間違いない。彼女には武術の心得がある。

「下がってて！」

そして彼女は、すぐ後ろで幼い子供を抱きかかえながら震えている母親に指示を出す。

しかし、それでも腰を抜かして動けない母親に、

「早くっ!!」

大声を張り上げる。母親は泣きべそをかきつつも、子供を抱きしめ、這うようにして後方へ退避した。

「本官も手伝おう！」

ガタイの良い坊主頭の男も、右手を前方に折り曲げ、中段に構える。あれは空手の上段受けの構えか。自分を本官と称しているし、おそらく自衛官か警官のいずれかだろう。

「私は能見流古武術の能見黒華、初伝を得ています。私がやりますので、貴方は他の人たちの保護をお願いしますっ！」

視線をオークどもからそらさず、黒華は坊主頭の男に叫ぶ。

いい判断だな。あの坊主頭の男はステータス平均7ほど。オークコックと戦えば即死する。加えて、黒華のステータスは平均20前後。しかも、古武術の初伝を得ているなら、黒華一人で臨んだ方がまだやりやすい。

「お願い!!」

「わ、わかった!」

苦渋の表情で、坊主頭の男は頷き、後ろに下がる。

これで黒華の注意が俺からそれた。

(ちょうどいい)

俺の左手の人差し指にはまっている青色の光を放つ指輪に視線を落とす。これなら最良の結果を導きだせる。

正面のオークが突進し、黒華に肉切り包丁を振り下ろす。それを鼻先スレスレでかわし、黒華は独楽のように回転するとオークコックの懐に飛び込み、鳩尾に右掌底を叩きつける。

オークコックは背後へヨロメキながらも移動し、口から唾液を垂れ流しつつ、血走った眼で黒華を威嚇する。

(いいぞ、その調子だ!　ファイトだ、ファイトだ、黒華!　頑張れ、頑張れ、黒華!)

黒華に最大級のエールを送り、背後の証明写真ボックスの前まで移動すると中に入り、カーテンを閉める。予想通り、黒華とオークどもの戦いの観戦に夢中で、俺など誰も気に留めていない。

紙袋の中から新品のトランクスを取り出し、【社畜の鞄(アイテムボックス)】から取り出したナイフで二つの穴を開けて頭から被(かぶ)る。そして上着とズボンを脱ぐと【社畜の鞄(アイテムボックス)】に放り込み、トランクス一丁となる。これで変態仮面トランクスマンの完成だ。

うーん、この姿、恥(は)ずかしいを通り越して、半端じゃなく抵抗感があるぞ。これで人前に出ていくなどどんな羞恥(しゅうち)プレイだ。

《羞恥心が規定値の50%を超えました。シェイムリングを使用しますか?》

《ＹＥＳ　ｏｒ　ＮＯ》

シェイムリングね。クソシステム。聞くなよ。俺はもう二度と、お前のゲームを舐めねぇよ。考えられるだけ慎重に、相手がスライムでも全力で、ギ〇デイン、ブチかます。そんなスタンスで行かせてもらう。

ＹＥＳを左の人差し指でタップすると、俺の身体(からだ)が発光していく。ほー、スゲーな。平均ステータスが１００まで上昇している。おそらく、羞恥心が高くなればなるほど強くなるんだろうさ。

「……」

結構本気でこのクソシステム作った奴を殺してぇよ。俺は内心でそう毒づきながらも、慎重に周囲を窺いながら、証明写真ボックスの中から出ると、オークどもに向かって走り出す。

多勢に無勢だったらしく、黒華は片膝をついてコック姿の三匹のオークに囲まれている。まさに間一髪の状態だよな。今回ばかりは、正直肝が冷えたよ。

俺は助走をつけて床を蹴って跳躍し、

「トランクス――キッ――クッ!!」

間抜けなかけ声とともに、黒華の頭部へ肉切り包丁を今にも振り下ろそうとしているオークの顔面にジャンプキックをブチかます。

――ゴギャッ!!

肉が裂け、骨が拉げる音。一撃、たった一撃でオークの頭部はぐしゃぐしゃに潰れてしまう。頭部を失い、血を吹き出しながら床へ倒れ込むと同時に、オークは粉々の粒子となり黒色の石へと変わる。

《羞恥心78%》

頭に響く天の声に、悪態をつきながらも羞恥をさらに上げるべく、

「トランクスマン参上！」

両手首を曲げたまま両腕を上げ、右足を上げて片足立ちをしつつ名乗りを上げる。いわゆるグ○コのポーズというやつだ。

《羞恥心89％》

（黙れや、クソ女！）

不愉快な女の声に確かな殺意を覚えながらも、残りの二匹のオークを睥睨する。

床を蹴り、ポカーンと口を開けている二匹のオークのうち一匹の懐に潜り込むと、

「トランクスぅ——パ——ンチ！」

右拳で鳩尾を突き上げた。俺の拳により腹部が弾け飛び臓物をまき散らしながら、奴の身体は上方へと持ち上げられ地面に落下、魔石へと変わる。

『ブヒィ!!』

床を踏み込み、奇声を上げて後退るオークに近づき、

「トランクスぅ——ニーバッ——トォ!!」

その頭部を掴み、右膝を叩きつける。

砕け散る頭部。やはり、魔石化するオーク。

「トランクスぅ——ビクトリィィ——————！」

幼い頃、テレビで観た特撮ヒーローのポーズをとる。

《羞恥心95％》

女の声に恐る恐る背後を見ると、老若男女問わずドン引きしていた。

そして片膝をつく黒華は頬をヒクつかせながらも、汚物でも見るような目で俺を凝視し、

「変態」

吐き捨てるようにそんな当然の感想を述べる。

《羞恥心１００％。シェイムリングが完全解放されました。以後、残存時間の範囲内で状態を固定化します》

おちょくるかのような無機質な女の声に、

（ド畜生ぉぉ!!）

屈辱の涙を流しながら俺はそう心の中で絶叫して、他のオークを狩るべく走り出す。

今にも老夫婦に襲いかかろうとしていたオークコックとの間合いを一瞬で詰め、

「トランクス、オラオラオラオラオラオラオラッ！」

某人気漫画の主人公のごとくラッシュを食らわせる。一瞬で挽肉になるオークコックを尻目に、次の狙いを定める。

腰を抜かしている女性に近づくオークコックを俺の双眼が捕らえると同時に、奴まで疾駆し、背後からオークコックの腰をクラッチし、

「トランクスぅ――――ジャーマン・スープレックス！」

そのまま相手を後方へと反り投げ、ブリッヂしたまま奴の頭部を堅い床に叩きつける。

ゴキッと骨が拉げる音、次の瞬間、細かな光となって奴の身体は砕け散る。

「ひぃぃぁ！」

耳を劈くような悲鳴。その音源に顔を動かすと、通路の袋小路でオークコックに追い詰められている幼い姉弟と思しき少年少女が視界に入る。姉は気丈にも両腕を広げて背後の弟を守っていた。

俺は床を蹴って今にも少女の頭上に肉切り包丁を振り下ろそうとしているオークコックの背後まで行くと、

「トランクスぅ――フッ――ク!!」

右拳でオークコックの右脇腹を横殴りにする。

ボギゴギと右拳に生じるオークコックのアバラを木端微塵に粉砕する感触。俺はそのまま右拳を全力で振り切った。オークコックは凄まじい速度で壁に衝突し、細かい粒子にまで分解し、魔石となって床に落ちる。

これでこの辺のオークは粗方、殺したな。

茫然と俺を見ている老夫婦、若い女性、少年少女に、既に安全地帯である黒華たちがいる出口に人差し指を向けると、

「あちらに、リトルバイオレンスガールがいる。そこまで走り、彼女に守ってもらうがいい！」

大声を張り上げる。

むろん、リトルバイオレンスガールとは黒華のことだ。あちら側のオークコックは全て駆逐

した。俺もこうしてババを引いているんだし、あの暴力中学生（18歳）にも精神的支柱くらいにはなってもらわにゃ困る。

では、なぜ、こんな茶番をしているかだって？　もちろん、YAKEさ！

ほら、新入社員のとき歓迎会で一発芸を強制されたときのことを考えてくれ。最初嫌で嫌でしょうがなくても、一度、完璧に羽目を外してしまうと羞恥心が綺麗さっぱり消えてなくなり、はっちゃけることがあるだろ？　あれと同じ。あまりに大きな羞恥心を受けると、心を守らんとして、人はときに感情を麻痺させたり、快楽物質を出したりするのである。

とまあ、そういうわけだが、実際は自棄なのは半分。もう半分は、これを無言でやってたら、間違いなく真性の変態さん扱いされるってこと。正体不明のヒーローの真似をしたかった頭のおかしな奴。そう思われた方がまだ救いがあるってものさ。

真っ青な顔で未だにカタカタ震えている少年少女に近づき、その小さな頭をそっと撫でると、

「悪い奴は俺が全部やっつけてやる！　だから安心しろっ！」

俺はできる限り力強く宣言し、次の戦場へ向けて走り出す。

これで26匹。あとは、あの中央広場の4匹のオークコックとハーイオークだけだ。

中央広場に踏み込む。

広場の隅には大きな檻があり、客たちが囚われている。客たちの顔は全員恐怖に引き攣り、

涙を流していた。あんな凄惨な現場を見せられたのでは無理もない。

広場の大きな円形の、豪奢なテーブルに陣取っている灰色の人面豚。

灰色人面豚の頭にはやはり、【H－I――元気ですか？】のハチマキ、そして真っ白な食事用の前掛け、その下には古風な波の絵が刺繍された法被を着ており、肉を旨そうに頬張っていた。

「悪趣味だよな」

テーブルの皿の上に盛りつけられている丸い物体を認識し、説明不能な狂気じみた感情が俺をグツグツと煮えたぎらせる。

ハーイオークのステータス平均は90に過ぎない。普段の俺なら無傷での討伐は不可能だったが、ブーストのかかった今の俺のステータスは２００近くある。つまり、奴はただの雑魚だ。

これで、茶番は終わり。とっととこいつを殺して終わらせよう。

「トランクスマン、参上！」

俺はそう叫びながら、威風堂々とハーイオークに向けて歩いていく。

俺に気づくとハーイオークは、不機嫌そうに鼻を鳴らし、それを合図に4匹のオークコックどもは肉切り包丁を持って俺に襲いかかってくる。

「トランクスぅ、バックフィスト！」

奴らの一匹の頭部に裏拳を当てて破裂させ、その肉切り包丁を奪う。

「トランクス、兜割！」

そして迫るもう一匹の脳天にその肉切り包丁を振り下ろした。

綺麗に真っ二つに縦断されて地面に崩れ落ちるオークコックを尻目に俺はもう二匹に接近し、

「トランクス、オーク投げっ！」

その頭部を摑み、次々とハーイオークに投げつけた。

オークコックの一匹は超高速で回転しながらテーブルにぶち当たり、粉砕した。一呼吸遅れて、投擲されてグシャグシャに潰れたオーク自身も魔石化する。

もう一匹の投擲されたオークコックもハーイオークに高速で回転しながら迫るが、奴は右拳を無造作に振り払って爆砕させる。

『ブヒィィイ――――ッ!!』

そして、顔を真っ赤に発火させて怒りの咆哮を上げる。

しょせんは、豚畜生か。怒っている暇があるなら攻撃しろよ。

俺は全力で床を蹴り、奴にピクリと反応する暇も与えず背後をとると、奴の両足を蹴りつけてへし折る。

『ブゴオオオオッ――――！』

さらに、絶叫を上げるハーイオークの両腕を潰し、仰向けにひっくり返す。

もはや身動きの取れなくなった奴に近づき、見下ろした。

『ブヒヒッ!!』

その逃げ場を求める必死な動物のような目から察するに、命乞いでもしているのだろう。

だが、ダメだ。クソ豚。お前はおいたしすぎた。

パキパキと両手の指を鳴らし、俺は両手を固く握り、

「トランクスぅ――――」

その剝き出しの激烈な感情のままに、拳撃をハーイオークに浴びせ続ける。

気がつくともはや原形を留めないハーイオークの亡骸があった。それはすぐに細かな光の粒子となって一際大きな黒色の石が床に落下する。

同時に、脳内に響く女の声。

《ハーイオーク及びオークコック30匹が討伐されました。臨時クエスト【ハーイオークコック隊の襲来】クリア! GOSYU堺蔵支店及びその周辺は以後、人類に永久に開放されます。臨時クエスト【ハーイオークコック隊の襲来】のクリア特典として藤村秋人は【業物を持ちしもの】の称号を獲得しました》

同時に俺の全身が赤く発光し、視界がグニャリと歪み、凄まじい疲労感が襲ってくる。この人生の汚点を他人に知られるのだけは御免被る。とっととずらかるとしよう。

「ま、待ってくれ!」

呼び止められて振り返ると、さっきのガタイの良い坊主頭の男が佇んでいた。

「……」

「私は、陸上自衛隊1等陸尉——宗像正雄だ。ご協力感謝する。少し話を聞かせてほしいんだが」

自衛隊？　私服だから、非番か何かだろう。まあ警察じゃないし、従う義務はないはず。ここはやはり警察に取っ捕まる前にとっとと逃げようかね。

「断る」

それだけ低く答えて2階に跳躍しトイレに駆け込み着替える。そして非常口から出ると、俺のマイカーが停めてある駐車場まで早足で向かう。そして俺の愛車の鍵を開けて、中に乗り込もうとしたとき——。

「トランクスマン、どこに行くつもり？」

咄嗟に振り返ると、黒髪中学生モドキが腰に両手を当てて佇んでいた。

「そんな変態、知らんよ。じゃあ、俺、急ぐんで」

黒華は戦闘に精一杯で、俺が証明写真ボックスに出入りしてトランクス姿になった場面は見ていないはず。

「へー、この期に及んで嘘つくの？　まあ、私はそれでもかまわないけど、今から警察に行くだけだし」

な、なんだ、こいつのこの自信は？　まさか、本当に俺が証明写真ボックスから出てくるのを目にしたとか？　いや、そんな余裕、あのときのこいつにあるはずが……。

「お前――」

「証明写真ボックス」

黒華の言葉に、突然、喉の奥に指を突っ込まれたような衝撃が走り、話の途中で咳き込んでしまう。

「やっぱり。その様子だと、あそこで、着替えたのね」

この野郎。カマかけやがったな。

「なんのことでしょうかね」

「警察に言えば指紋なんかを採取して判断してくれると思うけど。それとも、警察よりいきなりマスコミの方がいい？」

いやいや、マスコミだけはマズい！　あいつら、マジでしつこいと聞くし、まず確実に俺の家の敷地にあるダンジョンに行き着く。そうなれば――。

「何が望みだ？」

「今度、少し話そう。ね？」

黒華は底意地の悪い笑顔でそう告げ、

「はいはい、わかった」

俺は肩を落としてそう頷いたのだった。

（くそっ！　なぜ、非番の日にこんな！）

陸上自衛隊1等陸尉——宗像正雄は、出口の扉を数人がかりで開こうとしながら、心の中で悪態をつく。

最近の魔物の出没により、自衛隊は頻繁に駆り出されていて、ようやく手に入れた休暇だったのだ。買い物を済ませ帰ろうとした矢先、感情が一切感じられない女のアナウンスが頭の中に響く。そして、その直後、眼前にあのテロップが出現した。

それによれば、このGOSYU堺蔵支店は、ハーイオークとかいう怪物に占拠されてしまったらしい。

本部に要請したから駐屯所の自衛隊の精鋭が駆けつけてくれる。ただ、どんなに早くても30分はかかる。その間にどれほどの犠牲がでるか、考えるまでもない。

案の定、コック姿をしたオークにより、少なくない客が犠牲となる。

当然だ。オークたった一匹に、ピストルを持った警察官が4人殉職、一般市民は43人も犠牲になっているのだ。しかも、見るからにあのオークは亜種、より強力な可能性が高い。武装した自衛隊かSATでもなければ対処などできはしない。

（あいつら、楽しんでいるのか？）

愉快そうに豚顔を醜悪に歪めて、右手の肉切り包丁の峰で肩をトントンと叩きながら、正雄たちへ向かってゆっくりと迫ってくる。

そして最前列には我が子を抱きしめながら腰を抜かしてしまった女性。

そんな女性を庇うかのように、黒髪の中学生くらいの可愛らしい少女が立ち塞がる。

この少女は、正雄が今まで目にしたこともないような美しい構えをとって、豚どもに相対した。彼女は相当のやり手だ。彼女と二人でなら時間稼ぎができるかもしれない。そう甘い期待を抱き、共闘を申し出るがあっさり断られる。それも当然だった。彼女——能見黒華の武術は、身体能力、技においてもまさに次元が違ったのだ。

正雄では初撃で即死しているようなオークどもの肉切り包丁の一撃を蝶が舞うかのように、紙一重で避けつつも、オークたち三匹に掌底や蹴りを食らわせる。

しかし凄まじい威力を誇るに違いない能見黒華の一撃でもオークに致命傷を与えることはできず、遂にオークに取り囲まれてしまう。

（ここまでか！）

正雄は自衛官だ。たとえ、自分より強くても能見黒華は無辜の国民。正雄には彼女を守る責務がある。能見黒華の前に立ち塞がろうとした、その時——。

「トランクス――キッ――クッ!!」

己（おのれ）を、トランクスマンと名乗る男が緊張感のないかけ声とともに現れた。

トランクス一丁の裸（はだか）で、頭にトランクスを被っており、見ているこちらが恥ずかしくなるような奇怪なポーズをとる。どこからどう見てもただの変態だ。これが平時なら確実に警察署に強制連行されるところだろう。

しかし、その強さは生物としての次元を飛び超えていた。

飛び蹴りを入れただけでオークどもの頭部が粉々に潰れ、ボディーブロー一発で腹が爆砕する。さらに膝蹴りで頭部が粉々の肉片となって飛び散ってしまう。

あの能見黒華ですら膝を折ったオークどもをあっさり皆殺しにすると、トランクスマンは、

「トランクスぅ――――ビクトリィィ――――！」

再度、両腕を伸ばした、変てこなポージングをする。そして、こちらをチラと振り返る。

「変態」

能見黒華に、変態呼ばわりされたのを契機に、トランクスマンは走り去ってしまった。

「な、何なんだ……」

あまりの事態に、未だに頭が追いつかず、やっとのことでその疑問の言葉を口にした。それを機に、客たちがざわめき始める。

「彼って警察の人？」

若い女性が躊躇いがちに独り言ちると、

「いやいやいや、どちらかというとあれは、逮捕される側っしょ！」

隣の若い男が即座に右手をヒラヒラさせて、否定する。

「じゃあ、格闘家、覆面プロレスラーとか？」

「覆面というより、パンツだけどさ」

「まあ、一応男ものだし、セーフなんじゃね？」

「いや、そういう問題じゃないような……」

大人たちが何とも言えない表情で顔を見合わせているとき、

「トランクスビクトリー！」

さっきまで母親の胸の中でしくしくと泣いていた男の子が、目を輝かせながらトランクスマンの真似をする。正直、正雄でさえトラウマものの事態だというのに、たくましい子供だ。

能見黒華もキョロキョロとあたりを見渡していたが、おもむろに柱を背にして膝を抱えて座るとブツブツと何やら呟き始めてしまう。よかった。見た感じ、彼女も大した怪我もないようだ。

（行ってみるか）

万が一に備え、この場で待機し客たちを守護すべき。それは頭ではわかっているのだが、花に誘われる蜜蜂のごとく、正雄は歩き出していた。

圧倒的。ただただ、トランクスマンは圧倒的だった。トランクスマンの拳により、オークの頭部、腹部、胸部は弾け飛ぶ。トランクスマンの蹴りにより、サッカーボールのように高速で回転し、壁へ大激突し建物を大きく震わせる。

格闘家？　馬鹿を言うな！　正雄とて空手と柔道の有段者だ。だから断言してもいい。武術により至れるのは、能見黒華のような強さまで。あんな無茶苦茶な強さ、人としての限界を超えてしまっている。

そして遂に対峙するトランクスマンとオークどもの首領と思しき灰色の一際大きなオーク――ハーイオーク。

だが、トランクスマンはまるで虫でも踏み潰すかのごとくハーイオークを殺してしまう。

魔物が頻繁に出るようになったこの世界では彼の力は貴重だ。是非、上官たちに引き合わせるべきだ。だから、少し話をしたいと求めるが彼は即座に断り、跳躍して二階へ上がると姿を消してしまった。

――自衛隊練間区駐屯地。

「宗像一尉、それは本当の話なのかね？」

「はい。私が保障します」

自衛隊練間区駐屯地の司令は、形の良い髭を摩りながらしばらく考え込んでいたが、

「わかった。我が隊としてもそれほどの力を有する者なら少し無茶をしても確保したい。すぐにでも対応しよう」

正雄の望む通りの返答をしてくれた。

「ありがとうございます」

心からの感謝の言葉を口にして部屋を退出し、給湯室へ入って席に着くと、

「宗像一尉、災難でしたね」

赤髪の女性が正雄の正面の席に着き、予想通りの話題を切り出した。

「まあな」

「で、その頭にトランクスを被った変態って本当に強かったんですか？」

やはり、彼女の興味はトランクスマンか。

「常軌を逸するほどな」

あれは現に目にしないと、とても信じられまい。実際にネットではマスコミが大げさに報道しているという意見が大半だし。

「まさか、上はそんな変態をスカウトするつもりじゃないですよね」

「まさかって、お前、あれほどの力があれば世界中で引っ張りだこだぞ？」

「そうかもしれませんけど……」

なぜか悔しそうに下唇を噛む。

うーむ、彼女、もしかしてトランクスマンに対抗意識でも燃やしているんだろうか。そういや、幼い頃からヒーローに憧れて自衛隊に入ったとか言っていたな。

「どの道、彼の名前も容姿も所在も不明なんだ。見つけるのは相当骨が折れる。一筋縄じゃいくまいよ」

「じゃあ、このまま忘れられることもありってことです？」

「いんや、どうせすぐに彼はまた、姿を見せると思う」

あの男が、このまま消えるはずはない。彼が望もうと望むまいときっと間もなくこの世界の表舞台へと現れる。他でもない世界がそれを望むのだ。

「それは、どういうことです？」

「すぐにわかるさ」

だから、正雄は口の片端を上げてそうはぐらかした。

「そうですか。黒華にも遂に想い人ができたんですね。ほっとしました」

喫茶店で、黒華の親友、藤村朱里が、珈琲の入ったカップに口をつけながら、そんな到底あり得ない感想を述べてくる。

　朱里とは高校一年のとき総合格闘技の都大会の決勝で戦って以来意気投合し、こうして放課後、頻繁にお茶をしている。

「いや、だから何を聞いてたんだよ！　あいつ、最悪の凶悪顔だし、女の敵の変態野獣なんだ！　第一、私のパンツ見たんだぞ⁉」

「黒華、落ち着いて、丸聞こえですよ」

　ハッとして周囲を見渡すと、店内の視線が黒華たちに集まっていた。強烈な羞恥の念で耳たぶまで真っ赤に染まるのを自覚する。

「だからそういうんじゃなくて、本当にドン引きするくらい強いから、その理由が知りたくなっただけなのっ！」

「でも、その彼と今度会う約束したんでしょ？　しかも二人っきりで」

「う、うん」

　躊躇いがちに顎を引く黒華に朱里は、優雅に形のよい口の端を上げる。

「そんな強くて性欲の権化のような野獣なら二人っきりで会うなんて不安でしょうし、私も同行してあげましょうか？」

「いや、結構」

「ほら、もう答え、出てるじゃないですか」

即答する黒華に朱里は呆れたように笑いつつ、至極もっともな意見を口にする。

「違う。そもそも次に会って話すことの条件が、そいつのことを他言しない約束だからで……」

「だから、この私にも名前すら教えてくれないと？」

「うん」

途中で支離滅裂になっているのは、自覚している。それでも、黒華は自分があんな最低な野獣に執着しているなど到底認めるわけにはいかない。

「で、今度いつ会うんです？」

「……」

黙り込む黒華に、今度こそ朱里は深いため息を吐く。

「具体的な約束はしなかったと？」

「うん」

黒華はコクンと顎を引く。

「大方、デートの約束をしたことで、舞い上がって日時を決めることを忘れちゃったんでしょ？」

「デ、デートでは断じてないっ!!」

「はいはい、わかってますよ」

「うー」

全身の血液が顔に集中してゆくような熱を感じ、俯いて必死にそれを誤魔化そうとしていると、頭頂部に朱里の掌の感触がする。

「では、まず、逢引の日時のプランから考えましょう！」

「逢引でもないっ!!」

まったく聞く耳を持たぬ親友に黒華はもう何度目かになる大声を張り上げたのだった。

現在、朱里と別れて帰路についている。

重く垂れ込めた雲の裂け目から夕焼けが滲んでいた。

（遅くなっちゃったな）

まだ今日の鍛錬が残っている。早く済ませて、今日は自室で調べたいことがあるのだ。

スクランブル交差点の信号が青になり、急いで渡ろうとしたとき向こうから一人の金髪の少女がこちらに歩いてくるのが視界に入った。

（あれ？）

彼女とすれ違ったとき、己の頬を伝う熱い液体に気づく。

（これって涙？　目にゴミでも入ったのかな？）

首を傾げながら、黒華は家に向かって足を動かした。

鍛錬が終わり風呂に入ってさっぱりした後、机に座りノートＰＣを立ち上げる。

そして、ネットを開いたとき――。

《汝、真実を知る旅に出ることを欲するか？》《【ＹＥＳ】ｏｒ【ＮＯ】》の文字が画面一杯に表示されていた。

朱里から、最近、この手の新種のウイルスが増えていると聞いたばかりだ。なんでも、選択するか電源を落とすまでＰＣがフリーズしたままになるらしい。

案の定、閉じることができない。仕方なく、シャットダウンを試みるが、うんともすんとも反応しない。

（早くネットで調べたいのに……）

ＰＣがだめならスマホだ。鞄からスマホを取り出すが、

「え？」

口から漏れる頓狂な声。開いたスマホにも同じ文言が映し出されていた。そしてやはり、フリーズしてしまい、電源を落とすこともできなくなる。

（なぜに、スマホまで？）

ＰＣとスマホの両方が同じウイルスに汚染されたということだろうか？　スマホとＰＣを繋げたことなどないはずなんだけど。

（それに電源すら落とせないんだけど……）

強制終了はできると朱里は言っていたはず。でも、どの道このままではネットが使えない。シャットダウンもできないなら、いっそのこと選択してみる？

それに、真実を知る旅か。少し、ロマンティックかも。この手のパンチの効いた文言は嫌いじゃない。それにもしこれがあの魔物の出現やクエストについての真実なら、是非知りたいし。最悪、パソコンが壊れてデータがオシャカになっても、どうせ大した情報など入っていないから問題ない。

（これ押すんだよね）

黒華は右の人差し指で、【YES】をタップする。

「あれ、なんとも――」

突如視界が真っ赤に染まり、そして次の瞬間、あっさりと黒華の意識は暗転した。

オーク騒動から二日後、ようやく俺は辿り着いたってわけだ。

ちなみに、俺がクエストの特典で得た称号――【業物を持ちしもの】は、称号ホルダーが握る武器の強度や切れ味を一段階、向上させる能力。つまり、俺が握る武器はその切れ味が段違いで高くなる。そんな地味に使える能力だった。

「ここが地下10階への階段か……」

最近、やけに独り言が増えたよな。数日間、睡眠も碌にとらずに魔物をぶっ殺しまくっているんだし無理もないかもな。眠らなきゃ少なからず精神は摩耗するし、睡眠を削り過ぎたのかも。

丁度良い頃合いだ。まだ昼すぎだが10階層を確認したら、一度地上へ戻って休憩をとろう。

俺は階段を下りて行く。

10階層はドーム状の半円球の巨大な空間のようだ。一応、周囲の壁には一定間隔でランプが設置されているが、光量が十分ではないせいか逆に怖い。これなら1階層から9階層のように床や壁、天井が青色に発光している方がよほどよかった。

敵は弱すぎるし、結局宝箱はあのガラクタとなった指輪一つだけ。おまけに、あのやる気のない魔物ども。ニワ・トリはまだいいとしても、ウマシカはないだろう。ウマシカは！　あのウマシカ、鹿を馬面にして角を生やし、足を太くしただけの代物だ。鹿がバヒヒーンとか鳴くんだぞ。当初、頭がおかしくなりそうだったぜ。

それにしても、このダンジョンってどうも中途半端でやる気のない感じがするんだよな。

そして、中央に足を踏み入れた時――。

《挑戦者βテスター――藤村秋人を確認。《カオス・ヴェルト》βテストファイナルクエスト――【ゴリアテからクロノ姫を救え】が開始されます》

いつもの天の声が鳴り響き、部屋の中心が円状に発光。その円の中心から、鉄の檻が出現し、そこには一匹の黒色の子猫がチョコンとお座りしていた。

まさか、あの黒猫がクロノ姫とか言っちゃったりするんだろうか。そして、その前には鎧を着た巨大な一匹のリアルゴリラ。おいおい、某人気漫画の戦闘民族かよ！

同時に、俺の前にテロップが出現する。

◆βテストファイナルクエスト：ゴリアテからクロノ姫を救え

・説明：ゴリアテは、蛮勇を振るうゴリ族の戦士。降り注ぐ淡い日差しの中で出会いを求め佇むクロノ姫の蠱惑的な姿に魅了され劣情を抱いたゴリアテは、姫を攫う。ああ、美しくも好色なクロノ姫よ。野獣により、身も心も蹂躙されてしまうのか！

・クリア条件：ゴリアテの討伐

まとめると、雄を探している発情した雌猫を見て、ゴリラが欲情し『ウッホッー!!』ってなったってわけね。もはやどこから突っ込んだらいいのかわからんわ。俺のゲーム人生で、ここまで適当な設定には初めて出くわしたぞ。これの制作者、絶対に考えるの面倒になって途中で鼻ほじりながら作ってるよな。

逃げようと後退りするも、背後の唯一の道である上層への階段の通路を塞ぐべく分厚い石の壁が地響きを立てながら勢いよく降りてくる。

くそがっ！　結局、逃走不能、強制参加のクソゲーかよ！

《さあ、勇者よ、姫を蛮勇の戦士のもとから救い出すのだっ!!》

うっせーわ！　何が『勇者よ』だ！　せめて命を賭けさせるなら、戦勝品はナイスバディのお姉ちゃんの膝枕＆パ〇パフにでもしてくれよ。マジで泣きそうだぜっ！

そんな俺の心中などお構いなしに無情にも現実は進み――。

『ウッホホウッホホォォォォォォォォッ――!!』

雄叫びを上げてゴリアテはドラミングを始め、不毛過ぎる戦いの幕は切って落とされた。

ゴリアテが右肘を引き絞り、放った右拳が地面に突き刺さる。すんでのところで後方に跳躍した俺の目と鼻の先で、凄まじい衝撃波が生じる。

「んなっ⁉」

目の前で生じたとんでもない威力の爆風に吹き飛ばされるも、斧を地面に叩きつけてどうにかやり過ごす。

身を屈めてゴリアテを睨みながら【社畜眼】をかけるが、まったく作動しない。多分、俺よりも強いせいで鑑定不能になっているのだろう。というか、あんな攻撃一発でもまともに食らえば再起不能。一撃で襤褸雑巾となり、二撃目を受ければ俺は死ぬ。つまり、俺が勝利するには奴から一撃も貰わずに奴を屠らねばならない。

くそ！　シェイムリングさえあれば楽勝だったのに！　そうか、もしかしたら、あのアイテムが奴を倒す唯一の手段だったのかもな。だが、あの指輪は既に使用しており、ただの石と化しているため使えない。

どうする？　他にどんな打開策がある⁉　考えろ！　考えろ！　考えろぉ‼

『ウッホッ――‼』

奴は焦燥の極致にある俺にけたたましい咆哮を上げつつ迫ってくる。ただ疾走しているだけなのに地響きがし、この部屋全体が揺れ動く。

「冗談じゃねぇよ！」

必死に地面を蹴って、奴の猛攻をひたすら逃げの一手で回避し続ける。

そして遂にゴリアテが振るった無数の拳の一つが俺の身体を掠った。

「ぐがっ!?」

それだけで、俺の身体はまるでボールのように回転し、視界は天井と床が何度も入れ替わる。

壁に背中から激突し衝撃により息ができず、肺に空気を入れようと大きく息を吸い込む。

全身がバラバラになるような痛みを堪え必死に歯を食いしばりながら立ち上がるが、両足はみっともなくカタカタと震えていた。

奴は俺に向けて重心を低くし身構える。この足じゃもう躱せそうもない。掠っただけでこのざまだ。まともにくらえば、確実に死ぬ。

「ざけんなっ!!」

こんな反吐が出そうなふざけた設定のゲームモドキで、俺が死ぬ？　そんなの納得できない。できるはずがない！　俺はまだ死ねない。こんなくだらん茶番でゲームセットになってたまるか！　ならばどうする？　敵は不愉快なほど強いぞ？　普通に考えれば俺の負けは動かない。

「ぬ？　普通？」

己の思考に生じた決定的な違和感。ようやく俺は致命的な勘違いに気づく。

「くはっ！　くははは……」

衝動的に口から飛び出る締まりのない笑い声。

「俺が普通の戦い？　馬鹿馬鹿しい！　俺には敵を粉砕する筋力がない！　俺には敵を切り刻めるだけの技量がない。俺には弱者のために立ち上がるだけの義勇心も勇猛さもない！　俺にあるのは――」

全身が燃え上がるように熱くなり、まるでトンカチで殴られたかのように頭がガンガンと自己主張を始める。体調はまさに最悪。なのに、嵐が吹き荒れていた俺の心からゆっくりと後悔の念が消えていく。死への恐怖が消えていく。人として最も大切な情が綺麗さっぱり消え、心が恐ろしいほど冷えていく。

瞬きをするほどの間に、俺はまったく別の何かに変質していた。

「おい、エテ公！」

自分のものとは到底思えぬおぞましい声色で、俺は奴に呼びかけた。

『ウッホッ!?』

奴の声に初めて僅かな焦燥の色が浮かぶ。

「お前を――殺す！」

この宣言を最後にミジンコほどしかなかった道義心も完全に消失する。

『ウッホォォッ!!!』

奴はまるで恐怖を吹き飛ばすかのように顔を上げて咆哮し、それによって空気が震え、大広間はその振動で揺れ動く。

俺はアイテムボックスから矢を番(つが)えた状態のクロスボウを取り出し左手で持つと奴に狙(ねら)いを定め、右手には斧の代わりに包丁を握る。そして息をゆっくりと吐き出し、再度大きく肺へと空気を入れつつ、地面に張り付くように身を屈める。

おそらく俺が勝利するチャンスは一度。それに全力を注いでやる。

遂に奴が俺に向かって疾駆(しっく)する。

妙にゆっくり流れる時間の中、俺はクロスボウの先を奴に向けて放つ。多分、【チキンハンター】の補正だろう、矢はあり得ないほど高速で飛び、奴の右腕に深々と突き刺さる。クロスボウを地面に投げ捨て、包丁を持つ右肘を引き、奴に向かって地面を全力で蹴る。

眼前に奴の右腕が迫るも、突き刺さった矢のお陰(かげ)か僅かに速度が鈍(にぶ)っていた。そして、奴の右腕は俺のすぐ後ろを通り過ぎて行き、俺は奴の懐(ふところ)に入り込むことに成功する。間髪(かんはつ)入れずアイテムボックスからナイフを取り出して左手に握り、奴の左目に突き立てた。

『グギャッ!!』

深々とゴリアテの眼球に突き刺さるナイフ。小さな悲鳴を上げて一瞬全身を硬直させた奴の口の中に、即座に引き絞っていた包丁を渾身(こんしん)の力で突き出す。

包丁が奴の喉(のど)の奥に刺さり、絶叫を上げつつもゴリアテは俺の右腕に噛(か)みついてくる。

激痛が脊髄を走り抜けるが、予想通り、奴は左目に突き刺さったナイフの痛みと口腔内に突き刺さった包丁の激痛で俺の右腕を噛みちぎるには至らない。これでチェックメイトだ。

俺は口端を吊り上げて宣言する。

「お前の負けだ」

俺は奴が噛みついた右腕の右手の先から、アイテムボックスに実験的に入れて放置していた物置小屋を取り出した。突如、奴の口腔内に生じた物置小屋は、奴の頭部を散り散りに引き裂き、そしてその身体をも押し潰す。

グシャッという生理的嫌悪感を催す音とともに、奴の全身は細かな粒子となって砕け散った。

これまでで最も巨大な魔石が地面に落下し、天の声が鳴り響く。

《ゴリアテを倒しました。経験値とSPを獲得します》

《LvUP。藤村秋人はレベル18になりました。HPは完全回復します。

スキル――【社畜の鞄】がLv7になりました。

スキル――【社畜眼】がLv7になりました》

《カオス・ヴェルト》βテストファイナルクエスト【ゴリアテからクロノ姫を救え】クリア！

神器――クロノが勝者たる藤村秋人に与えられ、その支配下に置かれます。

ファイナルクエストのクリアにより、《カオス・ヴェルト》のβテストが終了しました。

引き続き《カオス・ヴェルト》本ゲームのフォーマットを開始いたします》

いつも以上に無機質な女の声を子守唄(こもりうた)に俺の意識はゆっくりと奈落(ならく)の底へと沈んでいった。

２０２０年10月４日　午後１時31分。

◆《カオス・ヴェルト》運営側からの通告

《カオス・ヴェルト》が起動しました。全種族の皆様、ご健闘を心からお祈り申し上げます。

日本――堺蔵(さかえぐら)駅前カラオケボックス内

「何ぃ、これぇ？」

カラオケボックス内で気の合う友人たちと気持ちよく歌っていた長い銀髪の女子高生が、突然眼前に出現したテロップにいつもの間延(まの)びした声を上げる。

「私にもあるぅ。キモッ！」

茶色の髪をセミロングにした女生徒が、胡散臭(うさんくさ)そうに右手でテロップを払おうとすると、別の画面が出現した。

◆種族を決定します。以下の三つから選択してください。
・女子高生（ランクH――人間種）
・獣人〈犬、トイプードル〉（ランクH――人間種）
・コギャル（ランクH――人間種）
※一度種族を決定すると二度とやり直すことはできず、選択した種族に以降の系統樹が決定されます。くれぐれも慎重にご選択ください。なお、今から一週間以内に選択がなされない場合は運営が自動的に種族を決定いたします。

「うわー、これ痛すぎるんだけど……」

表示されたテロップをまるで汚物でも見るかのような視線で眺めながら、茶髪セミロングの女生徒が嫌悪の言葉を吐き出す。

「ほんとだぁ、私にもあるぅ」

長い銀髪の女子高生もぼんやりとテロップを見ながらそう呟いた。

「これってクラスのキモオタ連中がやっているゲームでしょ？　もしかして奴らの悪戯？　新種のゲームとかの？」

「それマジで笑えねぇわ！」

額に太い青筋を浮かべながら、短髪ボーイッシュの女生徒が不愉快そうにへの字に口を結ぶ。

「でもでもぉ、結構面白そうよぉ。私の選べる種族の一つが、幻想種の白虎だってぇ。耳や尻尾生えるのかなぁ？」

二人の怒りをよそに銀髪の女生徒が、テロップを操作して確認画面の《ＹＥＳ》の欄を押してしまう。

「ちょ、ちょっと待ちなさい――」

短髪ボーイッシュの女生徒が咄嗟に止めようとするが、時すでに遅し。銀髪の女生徒の全身が金色の光に包まれる。そしてその変化は劇的だった。

女生徒の両方の耳が消失し、頭の上にチョコンと小さな虎縞の真っ白な耳が生え、眼球が黄金に染まり、臀部から純白の長い縞模様の尻尾が生える。

「「……」」

短髪ボーイッシュの女生徒も、茶髪セミロングの女生徒も大口をあんぐり開けてその非常識な現象を眺めていた。

「あれ？　あれれぇ？　すごぉい、本当に耳と尻尾が生えちゃったぁ」

銀髪の女生徒の緊張感のない言葉に、二人は今度こそ腹の底から声を張り上げたのだった。

２０２０年10月4日　午後1時42分――堺蔵市高級住宅街。

カーテンが引かれた薄暗い室内。ディスプレイから漏れる光に照らされるのは、真っ赤な半纏を着用した、顔が隠れるほど前髪が長い赤毛の少女。

「種族？　うひっ！　うひひっ！」

気味の悪い声で数回笑うと、キーボードをカタカタと操作していたが、

「ひひっ！　しゅ、種族？　こ、混乱中？　一斉に出現？　み、未知？　未知ぃ？　未知ぃぃ!!」

椅子から立ち上がるとそう絶叫し、小躍りを始めるもすぐに止まり、うんうんと唸り始める。

そして――意を決したように人差し指でテロップを押す。

赤髪の少女の耳の先が長くなり、細長い形状となる。

「せ、背中？」

半纏と肌着を脱ぎ捨てると、背中から生えている透明な翼。

声を震わせ己の全身を眺めていたがすぐに、

「ひほっ！」

「ク、クラスチェンジだお？　わほぉぉぉっ!!」

赤髪の少女は甲高い獣の遠吠えのような声を上げたのだった。


２０２０年10月4日　午後1時48分――警視庁捜査一課。

「とうとう、疲れて幻覚でも見たか？　最近寝てねぇからな！　うん！」

真っ昼間なのにひどく眠いのを多量のカフェイン飲料で誤魔化しながら捜査報告書を書いて

いた、黒色短髪に無精髭を生やした捜査員が両目を擦るが、出現したテロップは一向に消えやしない。

「うわははっ！　それも正義のためだぜ！　致し方なし！」

快活に笑いながらも、テロップの内容を眺める。

「種族を選べ？　ほう、今流行りのＭＭＯＲＰＧの宣伝か？　だが、俺には娯楽など不要！　なぜなら俺は正義を執行する責務があるからなっ！」

少し冷静になって考えればそんなわけないのだが、疲れきった頭はそんな当然浮かぶ思考に至れない。

「消えよ！　きええぇぇ!!」

近くのメモ帳を丸めてハエでも叩き落とすかのように叩くが、消える様子はない。

「おのれ！　俺の正義を理解できぬか！　なんと不届きなテロップめ！　だが、面倒だから押す！　そう、迅速な正義執行のために！　ゲーム会社よ！　貴様の甘言に此度だけは付き合ってやろうぞ!!」

脈絡が一切ない意味不明な台詞を垂れ流しながらも短髪の捜査員は、深く考えずにある項目を押す。すると全身に鋼のような鱗が生えて鼻が伸び、口の端が広がり鋭い牙が生える。忽ち御伽噺や小説、漫画の中で登場する伝説の化物の容姿へと早変わりしてしまう。

「よし、消えたな！　正義執行！　正義執行！」

注意散漫になっているせいか、己に起こった変化に気づきもせず、いつもの気合いの出るかけ声を上げて資料の作成を再開する。

２０２０年10月4日　午後1時56分――堺蔵駅前裏路地。

「あ？　種族を選べだぁ？」

ニット帽の青年が眉間に皺を寄せて不機嫌そうな声を上げる。

周囲の彼の仲間たちは、全員微妙な顔をしながらも、テロップを凝視していたり、周囲をキョロキョロと眺めていた。

「銀ちゃん、これどうしたもんかね？」

同じパーカーを着たクマのようなガタイの良い男が、ニット帽の青年に躊躇いがちに尋ねるが、

「さぁな、押せってことじゃねぇの？」

ぶっきらぼうに返答する。

「何か俺、嫌な予感するんよ。少し様子見た方がいいんじゃね？」

「はっ！　馬鹿言え、俺に尻込みしろってのか？　そんなのはスマートじゃねぇ！」

ニット帽の男は、人差し指で操作していたが、

「ぎ、銀ちゃん！　その頭!?」

クマのような男が口をパクパクさせながらもニット帽の男の額に指先を固定する。

「ん？　頭ぁ？」

額に触れると二本の立派な角が生えていた。

「ほう……」

初めてニット帽の青年の顔に不機嫌以外の感情が浮かぶ。

「ぎ、銀ちゃん？」

いきなり大きな笑い声をあげるニット帽の青年に恐る恐るその意を尋ねる。

「面白れぇじゃねぇか！　随分、退屈してたんだ。こういうのを待ってたのさぁ！」

その顔は先ほどの不愉快そうな感じは微塵もなく、激烈な狂喜に染まっていた。

ニット帽の青年は木箱から腰を上げると、

「お前ら、今から俺の言う指示に従え！」

そう有無を言わせぬ強い口調で言い放ったのだった。


２０２０年10月4日、全世界の人間に与えられた意味不明な告知。それは世界の全ての常識や価値観を粉々に壊してしまう。

このときから差別や偏見、暴力がジワリジワリと顕在化し、旧秩序はこの日以降ゆっくりと崩壊へと向かうのだ。

そんな中、これは必然だろうか。混沌の坩堝と化した世界で、今まで常識という檻に捕獲されていた頭の螺子がぶっ飛んだ異常者たちが次々に頭角を現し、表舞台へと上がっていく。

そう。これはこの世界の変革を決定づけた異常者たちが紡ぐ最悪にして最低な英雄譚。

第4章 Chapter 004 新たな出会いと久々の通勤

――じゃ！

ブラックアウトしていた真っ暗な意識に次第に色、音、感触が出現してくる。まるで深い海底から海上に向けて浮上するかのように、俺の意識はゆっくりと現実へと混じり合う。

――きるのじゃっ！

鬱陶しく俺の頬をペチペチと叩く小さい手に、俺は寝返りを打つ。

どこの誰だか知らんが、こんな朝っぱらから傍迷惑な奴！　俺たちサラリーマンにとって朝の30分がどれほど貴重かわかってんのか!?

再び微睡へと帰還しようとすると、頭頂部に鈍い痛みを感じる。

――いい加減、起きるのじゃっ！

俺は左手でハエを追い払うかのように痛みの元凶である頭頂部のあたりを振り払う。

――ぐえっ！

踏み潰された蛙のごとき声に、俺は思わず口角を上げて再度微睡への逃避行を敢行しようとする。

『起きろっ――!!』

耳元での鼓膜を震わせる大音声に、顔を顰めながらも瞼を開けると視界に飛び込んできたのは俺の胸でお座りしている一匹の黒い子猫。あの異種族、武闘派ゴリラをも悩殺した――。

「おう、ビッチ……猫？」

『誰がビッチ猫じゃっ!!』

顔面に猫パンチをくらって目を白黒させつつも、

「ね、猫がしゃべってやがる……」

そん今更な感想を口にしたのだった。

ビッチ猫から一応の説明を受ける。要約すると以下の通りだ。

何でもビッチ猫は、どこぞの女神であるが、気がついたら子猫の姿となってあの檻の中へ入れられていた。そしてゴリアテ討伐直後、俺のサポートを義務づけられたらしい。

正直、こいつの発言には妄想が入り過ぎていて微塵もついていけない。第一、自分がどこの女神かも覚えてないときた。色々、胡散臭すぎんだろ。

『そなたのすっからかんの脳みそでも理解できたか？』

「んー、まあ」

この黒猫がクロノという名の妖怪ビッチ猫であること、このイカレたゲーム運営者により、俺の補佐を命じられたことだけはわかった。ほんと、それだけなわけだが。

『そうじゃろう。そうじゃろう』

得意げに何度も頷くビッチ猫。あの綻びだらけの説明でよくもそこまで自信を持てるものだ。

「で？　実際のところ、お前は何ができるんだ？」

事実上、それが今一番知りたいことだ。仮にも死にかけたんだし、是非とも役に立ってもらいたいものである。

『……』

そんな俺の期待の籠もった問いに、気まずそうに眼をそらすビッチ猫。

「まさかドヤ顔で補佐してやるとかほざいといて、己が何をできるのかも知らないと？」

『仕方ないじゃろ！　情報がまったく与えられておらんのじゃし……』

拗ねるかのようにビッチ猫は、そっぽを向く。めんどくさい猫だ。

どうせなら、補佐はボンキュッボンの絶世の美女にでもしてくれればよかったのに。気が利かぬ運営だ。

スマホを取り出して日時を確認すると、10月5日（月曜日）午前6時30分と表示されている。

マジか。今日から復職だぞ。もう30分しか時間的余裕がない。早く地上へ戻らねぇとな。

部屋をグルリと見渡してみると部屋の奥に下層への階段はあるが、この部屋へ侵入した上層への階段は閉じたままだった。

おいおい、ちょっと待てよ！　このままでは地上に戻れないぜ！

「くそ、電波が通じねぇ！」

スマホを開くと案の定、電波は圏外になっていた。

このまま無断欠勤が数日間続けば、ブラックの代名詞のような俺の会社じゃなくてもクビになっちまう。

全身の血液が冷え渡るような悪寒の中、咄嗟に部屋をもう一度精査してみると、丁度クロノの檻が置かれていた部屋の中心に高さ20㎝、半径1ｍほどの円柱状の構造物が出現していた。

このダンジョンがゲームに似せられているのなら、きっと地上への帰還方法があるはずなんだ。だとすると、まずすべきことは、あれの精査だな。

『なんじゃ？　なんじゃ？　あれは何なのじゃ？』

勝手に俺の右肩に乗ったビッチ猫が身を乗り出しつつ、好奇心たっぷりの声を上げる。

時間も押している。いちいち、相手にするのも面倒だし、無視だ。無視。

俺の無返答などお構いなしに話し続けるビッチ猫に構わず、俺はアイテムボックスから魔石を取り出し、円柱の上に放り投げてみる。その上面に触れた瞬間消える魔石。なるほどな。そういうからくりか。円柱の上に足を踏み入れると、予想通り視界がいつもの見慣れた地下一階の、地上へと繋がる階段前の通路の隅へと変わる。つまり、この円柱は転移装置であり、一階層階段前とさっきの10階層が繋がってたわけだな。

いかんいかん、こんなところでぼさっとしていたら、ホントに遅刻しちまう。全ては今日帰ってきてからだ。

俺は階段を駆け上がり、我が家へ飛び込む。

「なんでお前までついてくんだよ？」

会社への通勤途中、俺の肩に乗り車の窓ガラスから外を眺めているビッチ猫に半眼で尋ねる。

『仕方あるまい！　そなたと一定の距離を超えて離れぬことがルールらしいからのぉ』

ビッチ猫は、心底忌々しそうに答えた。あのな、ついてこられて困るのは俺の方なんだが。

「俺の会社は、ペット持ち込み禁止だぞ？」

『ペットとは無礼なっ！　妾は聡慧の女神と言っておろうがっ!!』

「いや、お前、さっき、自分を慈愛の女神って言ってなかったか？」

『……』

はーい、根拠なしね。ありがとうございました！

不貞腐れたように、俺の右頬に猫パンチを食らわしてくるクロノ。鬱陶しいし、今後は無益なツッコミはしないのが吉かもな。

「それより、俺からどのくらいまで離れられるんだ？　このままついてきても門前払いになるだけだぞ？」

職場に野良猫を連れてきてるなんて知られれば、あのクソどもに何言われるかわからんし。

『ふん！　心配いらん。妾は神ぞ！　通常、妾から関わろうと思わん限り、認識などできんのじゃ！』

自信たっぷりの発言からもそのくらいは信用してやるさ。

「それはお前の能力か何かか？」

空間を無視したダンジョンやスキルなどというネット小説でありがちな力が出現する世界だ。もはや妖怪ビッチ猫の不思議能力一つでいちいち驚きなどしないぜ。

『だから、神の奇跡と――』

「わかった、わかった、自称駄女神、わー、マジですんごーい、すごいー（全て棒読み）」

『ぐぬぬ、そなた、信じておらんな？』

「いんや、当の本人が言うんだし間違いないんだろうさ」

もし、嘘だったら見捨てるだけだしな。その際は、妖怪モフモフお化けどもにプレゼントしてやる。心配するな。とって食われりゃしない。せいぜい毎晩毎夜、奴らの玩具となるだけだ。

『そうか、そうか。ならばよし！』

先ほどとは一転ご機嫌となり、車の窓から外の景色に視線を移す。

会社の駐車場で車を止める。

「しかし、どういうことだろな？」

ここ堺蔵市は大都市への利便性も高く、通常平日の朝ともなれば通行人でごった返している。それがいつもの半分もいない。しかも、駅前のスクランブル交差点には、動物の付け耳、尻尾、翼などを生やした人々や、犬や猫、ヤギ、鳥などの妙にリアルな被り物をした人物が稀だがそこここに見受けられ、他の通行人の注目の的となっていた。

ハロウィンって確かまだ先だよな。仮装する祭りでもあるんだろうか？

まあ、いい。会社で黙って座席についているだけで、嫌でもミーハーな女性社員たちから俺が知りたい情報は得られるはずだ。


俺の仕事場である第一営業部のフロアに足を踏み入れて、ぎょっとして立ち止まる。

当然だ。三分の一ほどが動物や鳥などの付け耳、尻尾、翼などを身に着けていたのだから。流石に会社まで祭りの余波があるとは夢にも思わなかった。というか、あの堅物の部長がこんなの許すはずが――。

部長の席に顔を向けると、到底あり得ない光景を網膜が映し出し、思わず吹き出しそうになる。

視線の先には、中年のおっさんが一人。でっぷりとした体躯に、脂ぎった顔つきにバーコードの髪型。どの角度から見てもいつもの部長だ。そう。あの付け耳さえなければだがな。

『あの者の耳、壮絶に似合わんな。というか無茶苦茶気持ち悪いぞ』

ビッチ猫に同感だ。おっさんが無理にメルヘンチックに仮装するとああなるのだろうな。俺以上に滑りまくっている。本人もそれを肌で感じているのか、相当イラついているようだ。

いやならはずせばいいのに。結構な数の者がしているようだし、社長や専務に命じられでもしたのだろうか。ともかく、これ以上の詮索は百害あって一利なしだ。関わらぬが吉。

俺は可能な限り部長には視線を向けず、席に荷物を置くと腰を下ろす。

しばらく近くの女性社員の会話に耳を欹てていてようやくこの異常な光景の理由がわかった。即ち――この《カオス・ヴェルト》とかいうシステムのクラスチェンジにより種族が変化してしまった結果のようだ。

昨日の午後1時すぎに世界中の人々の目の前にテロップが出現し、忽ち上を下への大騒ぎへと発展。政府が緊急会見を開きこれは、全人類共通の現象であることとの報告と既に総理と閣僚は全員種族選択を終えた旨を宣言される。『赤信号みんなで渡れば怖くない』的な集団心理が働いたんだろう。それを契機に大衆の興味はいかに有利な種族を決定するかと、未知の概念であるステータスへと変わっていったようだ。

さてそろそろ仕事を始めるか。ぼさっとしているといつものように面倒な奴に絡まれるしな。

「おい、藤村ぁ！」

振り返ると190㎝はある長身巨軀の男が、ニヤニヤと嫌らしい笑みを浮かべながら佇んでいた。このゴリラは中村和人、一応俺の先輩にあたる。上野課長の腰巾着であり、課長に大層嫌われている俺に頻繁に絡んでくるウンコ野郎だ。

「なんです？」

「お前、もう種族を選択したのか？」

「はあ、まあ、一応」

種族名はチキンハンターという意味不明なものだけどさ。

「そうか、その割に変化はないようだな？」

「そういう先輩は、少し見ないうちに大分印象が変わりましたね？」

基本的な顔の造作には大した変化はないが、体軀はより筋肉質で一回りでかくなっている。

そしてそれよりも大きな変化が黒色の耳と尻尾だろうか。

「ああ、俺はドーベルマンの獣人を選択した。どうだ。この毛並み。素晴らしいだろう？」

中村は、ワイシャツの袖をたくし上げて黒い獣毛を見せつけてくる。

俺といえば、そんな中村の自慢げな様子に目を白黒させていた。

いくら日本の権力者たちが真っ先にクラスチェンジをして、それをマスコミが全力で後押ししようが、今までの自分を止めることになるのには違いない。これからの未来に強烈な不安を覚えてしかるべきなのだ。なのに、中村からは、そんな悲壮感のようなものは一切感じられやしなかった。

「よく決心つきましたね？」

「ああ、正直、結構迷ったがな。選択してみたら不安は嘘のように吹き飛んだぞ。著しく向上した身体能力！　そして見ろよ！　この美しい上腕二頭筋っ!!」

中村は、周囲に見せつけるように力瘤を作る。

そういやこいつ筋トレが趣味で、大学ではボディビル大会に出場し地区大会で準優勝したとか言っていたな。理解は微塵もできないが、中村にとってクラスチェンジで今までの己を止めることよりも、理想の肉体を得る方がよほど価値のあることだったのかもしれない。

ともかく奴の腕力は実際に相当なものだ。特に飲み会などではすぐに腕相撲をしたがり、俺たち後輩は数日間、よく手が使い物にならなくなったものだ。

まあ直情的で単純だから、中村だけならさして害があるわけではない。最悪なのはこいつが腰巾着として振る舞う相手にある。

「あれ～、おかしいなぁ。それは君の仕事じゃなかったのかなぁ？」

短い髪の三十代後半ほどの男が、不精髭を摩りながら、目の前で泣きそうな顔で俯いている二十代前半の黒髪をツインテールにした女性社員を細い目で眺めていた。

あいつだ。あの根暗野郎と自称体育会系中村、さらにお局様的女性社員が合わさるとある意味、最悪の化学変化を引き起こす。

「で、でも課長にお渡しした資料には本日まで決裁をお願いします、との付箋を貼っていたはずです！」

「ふーん、おかしいなぁ。そんなものなかったよ」

「でも、私は確かに――」

「付箋なんて貼られていなかった。課長が言うんだからそれが真実。それとも君は、課長がわざと付箋を捨てたとでも言うつもりか？」

髪を後ろでお団子にした30代半ばの黒髪の女が、眼鏡のフレームを人差し指で上げながら腰に手を当てて威圧的な視線を向けていた。

あの眼鏡女は坪井。下の名前は興味がないのであえて記憶から消し去っている。

新人潰しの坪井。何がそこまで坪井に新人に対し厳しい態度をとらせるのかは不明だが、坪井は誰であっても等しく新人に対して冷淡だ。こいつのせいで、俺が知るだけでも十人を超える新入社員が辞めてしまっている。

特に上野課長の信奉者であり、奴が白といえばたとえ黒であることが一目瞭然だとしても白だと信じて疑わない狂信的な性格も併せ持つ傍迷惑な奴だ。

まあ、辞める方は気楽なものだ。もう二度とあのお局や根暗野郎どもに顔を合わせなくていいんだからな。実際のところ、一番割を食うのは業務が増える俺たち古参社員のわけだが。

「そ、そんなこと言ってはいません……」

益々声は小さくなり、俯き気味になるツインテールの女性社員一ノ瀬雫。

あーあ、ダメだな。このままじゃ一ノ瀬も辞める。そうなりゃまた仕事が阿呆みたいに増えて俺の余暇が削られる。面倒だ。マジで面倒だ。

「あー、そういや、付箋らしきものが床に落ちてたので、俺、ゴミだと思って捨てましたわ」

「は？」

ツインテールに向けていた以上の眼光で俺を射抜く坪井。

「俺、ゴミだと思って付箋捨てましたわ」

「繰り返せって意味じゃないっ！」

キンキンとよく響くヒステリックな声を張り上げる坪井に、俺は耳をほじりながらも、

「俺が捨てました」

再度繰り返す。長い付き合いだ。俺にはどんなイビリも意味をなさない。それはこの女が身に染みて知っていることだ。

上野課長は目を尖らせてしばし俺を凝視していたが、

「藤村、この件は部長に報告しておく。覚悟しておけ」

舌打ちをし、そう言い放つと窓際の部長の席へ向かう。

「藤村、ちょっとこい！」

中村に後ろ襟首を摑まれ、別室に呼び出されて散々すごまれたが、別に暴力を振るわれるわけじゃないし、俺にとっては馬の耳に念仏状態だった。

個室から廊下に出ると、

『まさか、そなたが女性を助けるとは！　下種なそなたにも心というものがあったようじゃな』

ビッチ猫が意外そうな顔つきでそんな人聞きの悪い感想を述べてくる。

このビッチ猫、さっきから俺の肩に乗っているが誰も気づきもしない。ビッチ猫が関わろうとしない限り、その存在を認識できないという言葉はどうやら真実らしい。

ビッチ猫に言葉を返さずに、己の席に戻ろうとすると、ツインテールの女性社員——一ノ瀬が凄い形相で俺を睨んでいた。面倒なので通り過ぎようとすると、

「藤村先輩、ちょっといいですか？」

強い口調で肩を摑まれる。

「ん？」

「付箋の件、なんでもっと早く名乗り出なかったんですか!?」

「何でって、うーん、面倒だったから？」

俺の左頬に一ノ瀬の右の掌が打ちつけられる。ほんと、面倒な女だ。

「先輩だけは信じてたのにっ！」

捨て台詞を最後に、一ノ瀬は目尻に涙を溜めながら駆けだして行ってしまう。

「それは残念だったな」

悪いが俺はそういう人間だよ。俺の行動指針はいつも自分がどう楽できるか。それに尽きる。そしてそれはこの営業部の誰もが知っている共通認識。そんな俺に人間性なんて求めんなよ。

『少しは事情を説明すればよいものを』

クロノから僅かに憤りを含んだ声を浴びながらも、再度、己の席へと足を進めた。

いつもの部長の説教を受ける。部長は苛ついていたせいか、普段よりも三割増しで長く、声が大きかった。あんなに怒ってばかりでよく疲れないな。

それからいつものように業務に打ち込むも、坪井のバッシング対象が一ノ瀬から俺に替わり、批難の言葉が公然と囁かれるようになる。

皆の俺に対する態度がすこぶる悪くなり、円滑な業務に支障が生じたため、現在、一時休憩してやり過ごすため給湯室へ退避してきたところだ。

「やあ、秋人先輩、奇遇だね」

金髪の幼女がいつもの眠そうな目で俺を見上げていた。

『おふっ！　て、天使だぁっ！』

ビッチ猫が震え声を上げる。馬鹿丸出し猫にいちいちリアクションをとるのも億劫だ。スルーするに限る。

「おう、ロリっ子もな」

「だから、その不愉快な呼称を止めたまえっ!!　ボクは24歳だと――」

「おう、知ってる、知ってる」

いつものように小さな頭をグリグリと撫でる。

「……」

てっきり、子ども扱いするなと怒髪天を衝くかのごとく激怒されるものと思っていたのだが、胸の前で絡ませた両手を忙しなく動かしながら真っ赤になって俯くのみ。相変わらず変な奴だが、今日は特に挙動不審だな。

「先輩、この間は守ってくれてありがと」

ああ、マンモスバーガーでの豚の怪物の件か。隅で震えていただけで、まったく守ってなどいなかったがね。だが、それはさておき――。

「お互い無事で何よりだ」

雨宮に笑顔で何度か頷く。

「う、うん。そ、それで先輩、以前の話なんだけど?」

「以前の話?」

「う……ん。先輩の気持ちは嬉しい。本当に嬉しいんだ。だけど、ボクはまだ先輩をよく知らない。だから友達から始めたいんだ」

唐突に訳のわからん発言をする奴だ。

「いや、既に俺の中ではお前は友人だったんだがな」

雨宮の顔は益々紅潮し、今や耳の先まで熟したトマトのように真っ赤になってしまっている。

そして、過呼吸のように数度深呼吸をした後、大きく息を吸い込むと、

「だから、今度一緒に遊びに行こう。これがボクの連絡先だ」

俺の返答すら聞かずに雨宮は一枚の紙を渡すと、走り去ってしまった。

そして、俺の右肩で全身を震わせつつもビッチ猫が、

『おい、下郎！』

どすの利いた声を上げる。

（なんだ、ビッチ猫？　できればここでは会話は控えて――）

『この不埒ものがぁー!!』

俺の右頬に本気の猫パンチをかましてくるビッチ猫。

うぜぇ。マジでうざすぎんぞ、クソ猫がっ！

『この――野獣めっ！　あんな幼気なエンジェルをどんな汚い手を使って洗脳した?』

「はあ?」

『聞く耳など持たぬわ！　幼子が一目で逃げだす悪魔のような外見汚物の貴様だ！　あんなキュートなエンジェルからすれば、逃走一択のはずだ。そうでなくてはならん。ならんのじゃ！』

「悪魔って、お前なぁ」

悪魔のような外見の汚物って、いくら何でもそれは言い過ぎだと思うぞ。まあ、闇夜に人と出くわすと決まって悲鳴を上げられるのは、悲しい事実ではあるのだが。

『貴様、怪しげな術を使いエンジェルを欲望のはけ口にしようとしているな!?　なんて、なんて羨ましい――いや、なんてけしからん奴じゃ！』

おいお前、今変なの混じったよな！　こいつ俺が想像していたよりもずっとアレなやつなんじゃなかろうか。

『妾が、貴様のようなケダモノ汚物からエンジェルを救い出してみせる！　その暁には、おお、おお！　マイエンジェル！　妾が存分にその傷ついた心を癒してみせようぞっ！　クソビッチ、くひ、くひひひ――』

「クソビッチ、妄想、乙！」

下品に笑いながら妄想に涎を垂れ流す肩の性犯罪ビッチ猫に倫理規定の籠もった裏拳をぶちかますと、車に踏み潰された蛙の断末魔のごとき声を上げて目を回してしまう。

こいつから今後も目を離さないでおくのが、世のため人のためだな。

俺は気を取り直して、自身のマグカップに珈琲を注いだのだった。

針の筵のような職場での業務を終え、愛車に乗り込み帰路につく。

渡された紙を見て、雨宮にメールを打つが数分と待たずしてやけに絵文字たっぷりの返信が来た。しかも長文。彼女はもっと淡泊だと思っていたんだがな。なかなかどうして若い女とのメールは新鮮だ。まあ、朱里以外とは初だし、当然といえば当然か。

第5章 Chapter 005 金のオーノー

さて、本日の探索の開始。迷宮探索の再開だ。その前にステータスを更新しておこうと思う。

チキンハンターのレベルは18となり、ステータスはＨＰ５０４、ＭＰ３８５、筋力１２８、耐久力１３７、俊敏性１４２、魔力１３０、耐魔力１３５、運98、成長率ΛΠΨとなっていた。

それにしても、ステータス、本当に滅茶苦茶(めちゃくちゃ)伸びたな。以前の１３０倍だよ。ランクアップまでのレベルは18まで上昇し、あと2上がればランクアップだ。

【社畜の鑑(かがみ)】により、碌(ろく)に寝る必要がなくなったし、今晩中にはランクアップできるんじゃないかと思っている。

あとは、【社畜の鞄(アイテムボックス)】と【社畜眼(アプレイズ)】がレベル7となっている。

レベル7の【社畜の鞄(アイテムボックス)】は、『莫大(ばくだい)な量を貯蔵できる社畜の貯蔵庫。そこに貯蔵された物の劣化速度は著(いちじる)しく遅い』、レベル7の【社畜眼(アプレイズ)】も『様々なものを詳細(しょうさい)に鑑定できる社畜の観察眼』と表記されており両者とも文脈上、その機能に大きな変化はない。今回は個々の有する機能の大幅な向上がメインじゃないかと思われる。

1階層階段傍の転移魔方陣から地下10階のあの広間へ転移し、最奥にある階段を下っていく。

「……」

文字通り言葉もない。というか、ここのダンジョン作った奴って絶対頭おかしいよな。

俺の眼前には草原が広がっていた。しかもご丁寧に太陽モドキのようなものまでありやがる。

これはダンジョンというより一つの小さな世界だ。こんなものに労力をかけるくらいなら、その力を他に回した方がよほど建設的というものだ。まあ、若干今更感があるのは否めないが。

さて、では早速探索を開始するとしよう。

少し進むと遠方で飛び跳ねている青色の塊が視界に入る。

あれはスライムか？　最近世界中で出没している最弱の魔物だったか。このダンジョンでは初めて遭遇したな。

スライムに近づき刃こぼれした斧を突き立てると、その粘液が弾け飛び、魔石がポトリと落ちる。試しに軽く蹴ってみても結果は同じく粉砕だ。ホントにスライムは、最弱のようだ。

というか、いきなり群れを成すゴブリンに遭遇。さらに、鶏モドキやら、ウマシカなどというストレンジな魔物がうじゃうじゃ湧いて出る迷宮。改めて考えれば、βテストの方がよほど異常だよな。これがこのダンジョンの通常仕様なのかも。

もっとも、あのふざけたネーミングセンスに、悪質なクエスト。これを作った奴は頭の螺子がゆるいのはほぼ確定している。この先はあれ以上のふざけた現象のオンパレードかもしれんし、気をつけるに越したことはない。

ひたすら探索を続けるが、スライムが中心で稀に単独のゴブリン、三角兎、ビッグウルフが混ざる程度。出会い頭に瞬殺を繰り返す。張り合いがない。いや、なさすぎる。この草原で倒した全部の魔物よりもウマシカ一匹の方がよほど強かった。これでは修行にならんし、可能な限り先に進むべきだな。

『ギィッ』

俺に気づいた、額に三つの角を生やした兎が、唾液をまき散らしながら、凶悪な形相で襲いかかってくるが、蠅叩きのごとく左の掌で叩き落とす。ゴギッという生々しい骨の砕ける音。そして地面に衝突して砕け散る三角兎。魔石と兎肉のドロップアイテムが出現したので、それをアイテムボックスに収納し、歩き始める。

『のう、妾、もう疲れたのじゃ。本日はこの辺にせぬか？』

俺の右肩で大きな欠伸をするビッチ猫。疲れたってお前、俺の肩の上でただ寝てただけじゃねぇか。

とはいえ、だだっ広い草原を早足で歩き続けて既に5時間が経つ。歩けど歩けど同じ草原の風景と張り合いのない魔物たち。確かにここで引き返さねば明日の朝までに無事帰れる保証もない。一度戻るべきかも。

踵を返そうとしたとき、遥か遠方に広がる巨大な水溜まりが視認できた。

おう。初めてみる異なる風景だな。ここまで来て行ってみない手はないぞ。好奇心に躍る心をどうにか抑えながら、俺は走り出す。

楕円形の深青色の湖にそれを取り囲む真っ白な砂浜。湖の中心には神殿のような建造物が存在していた。というか、あの円柱状の構造物は見覚えがあるぞ。十中八九、転移装置だ。

とすると、あの湖を渡れと？　ディスカウントショップでゴムボートを購入すれば渡れないことはないが……。

一応、眼前に広がる湖を【社畜眼Ｌｖ７／７】で鑑定してみることにした。

魔障湖：攻撃力７００、耐久力６５０、俊敏性４００、魔力１００、耐魔力50の凶悪な肉食怪魚――ギョギョが群生する湖。ギョギョの好物は力ある生物のみ。力ある者は決死の覚悟で踏み入れよ。対して、力なき者は決して湖に近づくことなかれ！

冗談じゃねぇよ。攻撃力７００って完璧にオーバーキルじゃねぇか。ゴムボートで入り次第、取り囲まれて餌になるってか。【社畜眼Ｌｖ７／７】がなかったら俺死んでたんじゃね？　正直ゾッとしないな。とするとあの転移装置はトラップってわけか？

いや、まだそうとも限らないか。周囲をもう少し調査してみるとしよう。

ほどなく、湖畔の水際に1mほどの金属の立て札がポツンと立っているのを発見。近づいてみると、その立て札には『貴方の大切なものを湖に投げ入れますね』と刻まれていた。

大切なものを投げ入れます？　やだよ！　ざけんな！　なに、ほざいてやがる！

現在、大切なものはアイテムボックスに保管している。まさか、勝手にアイテムボックス内のものを湖に放り込むなんてこともないだろうが……いや、このクソダンジョンなら十分あり得るな。震える手でアイテムボックスを確認するが――。

「よかった。あった……」

俺の汗と涙の結晶がアイテムボックス内に存在するのを確認し、ほっと胸を撫で下ろす。

ともあれ、ここは危険な臭いしかしない。この流れからいってここに留まれば悪質なクエストに巻き込まれる。今日は一旦我が家に戻ろう。踵を返し湖に背を向けて歩き出したとき、

『あれ、なんじゃろう？　水面の上にぷかぷか、浮いておるぞ』

馬鹿猫の好奇心に満ちた声が頭の中に木霊する。振り返り、右肩のクロノに視線を落とすと器用にも右手の小さな肉球を湖面に向けていた。

「浮いているもの？」

眼を細めてクロノの指す方を凝視すると、水面から30cmほどの高さで宙を浮遊している四角い薄いケースのようなもの。それを視界に入れて俺の心臓は大きく跳ね上がる。

「う、嘘だろっ!!」

あの見慣れたケース。あれは、さっきアイテムボックスで確認したばかりの俺の宝物――フォーゼ』のプレミアム限定版。2012年の夏コミでしか売られてない第一幕を担当したゲームシナリオライターによる超希少ソフト！　市場にほとんど出回ってねぇから二度と手に入れるのは不可能なんだ！

「ざ、ざけんなよ!!」

必死だった。懸命に俺は、宙に浮遊するプレミアム限定版に向かって猛ダッシュする。

「とどけぇ!!」

眼と鼻の先まで迫るも、プレミアム限定版は無情にもポチャンと湖の水の中に落ちてしまう。

崩れ落ちる俺に、『サブクエスト――【金のオーノー】が開始されます』と頭上から降り注ぐ聞き慣れた無機質な女の声。

◆サブクエスト：金のオーノー
説明：宝物が湖に投げ入れられました。湖の精霊オーノーは正直者が大好き。湖に落とされたものの所有者に質問をし、気に入らないと悪霊と化しますよ。さあ、その問いに答えなさい。

「ざけんなよ、クソ野郎っ!!　投げ入れたのはお前だろうが!!」

近づくだけでクエスト強制参加のくそっぷり。しかも、この不愉快極まりない設定。マジでこのダンジョン作成者、殺してぇわ！

『ほら、水面から何か出てくるのじゃ』

ウキウキと弾んだ声色で注意を促してくる馬鹿猫。くそ、喜んでんじゃねぇよ！　あのソフトが、俺にとってどれほど大切なものか知りもしねぇで！

水面が波打ち、頭部が禿げ上がり、病的に痩せ細った男が両手で頬を押さえながら、ゆっくりと姿を現してくる。落ち窪んだ目は細く、気色悪い笑みを浮かべており、口は顎が外れんばかりに大きく開いていた。

『汝の落としたのは、この【金のフォーゼ】か？　それともこちらの【新品のフォーゼ】か？』

スキンヘッドの入道の前には、金でできたパッケージと新品と思しきパッケージの【フォーゼ】のソフトが、フワフワと浮遊していた。

はぁ？　グリム童話の【金の斧】のリメイクかよ！　ざけんな。【フォーゼ】は俺の若き頃の汗と青春の結晶。金になどに変えられるものかっ！

しかし、流れから言って新品を選択すれば、俺のソフトは戻らない。

一方、今のゲームソフトは全てスティック型で、水にはすこぶる弱い。ずぶ濡れになって使い物にならなくなったソフトを渡されても意味はないんだ。

童話通りなら、正直に話せばあの新品のソフトが返ってくるはずだが、このシステムの作成者の悪質さを鑑みれば、それ自体が罠の可能性もある。三回転半捻って【古いフォーゼ】と答えればそのまま戻される可能性もある。

どうする？　どれが最適解なんだ？

『【金のフォーゼ】とやらじゃ』

右肩の馬鹿猫が、よりにもよって最悪の答えをさも得意げに宣いやがった。

「ば、馬鹿か、お前っ！」

『あんな、ガラクタと金じゃぞ。金の方がいいに決まっておろう？』

馬鹿猫は俺の耳元で、俺にとって最悪の言葉を囁く。

「ざけんな、アホ猫っ！」

このウンコ野郎、魔物たっぷりの湖の中に沈めてやろうか。このクソ猫への殺意がふつふつと湧き上がる中、事態は最悪の方向へと突き進んでいく。

『この嘘つきめ！　汝に罰を与える！』

入道の目が反転し怒りの形相に変わると水面から上昇していく。胴体まではただの痩せ細った人型だったが、その足に当たる部分は蛇のように長い尾だった。

やはりこうなったか……。

『あれ？』

「あれじゃねぇっ！」

キョトンとした顔でクビを傾げる馬鹿猫。あほか！　お前、自称女神なのに、グリム童話も知らんのか!!?

入道は、顎が外れんばかりの大口を開けて、やはり頬を両手で覆いながら、

『オウ――――ノォーッ!!』

耳障りな金切り声を上げた。次の瞬間、奴の横っ腹からニョキッと新たに両腕が生えて背中の斧の柄を両手に持つと水面に落下し水蛇のごとく身体をくねくねと気色悪く動かしながら、こちらへ凄まじい速度で迫ってくる。

『うへぇ、気持ち悪いのじゃ』

うんざりしたような声を上げる馬鹿猫など無視して俺は一目散に、奴に背を向けて逃走を開始した。こうして地獄の追いかけっこが始まる。

俺のすぐ脇を燃え盛ったサッカーボールほどの炎の球体が超高速で過ぎ去っていき、大地に突き刺さり大爆発。大きく抉れた地面と今もモクモクと土煙を上げている惨状を一目見れば、あれを一撃でもまともに食らえば致命傷となることがわかる。

振り返ると、入道モドキ――オーノーが蛇のごとく草原を抉りながら、俺に向けて口から火炎の球体を断続的に放ってくる。

「死ぬ死ぬ死ぬ死ぬ死ぬ死ぬ死ぬ死ぬ！　マジで死ぬ！　絶対に死ぬぅぅ――――!!」

悲鳴を上げ、すんでのところで躱しながら、必死で逃走する。

『おい、追いつかれるぞ。もっと速く走るのじゃっ!!』

俺の背中にしがみついてさっきから喚いているお気楽猫を尻目に、死にたくない、ただその一心のみで足を動かしていた。

「おい、クソビッチ、お前、責任とってあいつを何とかしろよ！」

『誰がビッチじゃっ！　妾はあくまで補助。戦闘はそなたの領分じゃろ？』

「ふざけろよ！　補助とか言って、何の役にも立ってねぇじゃねぇかっ！」

『で、できるぞ』

「じゃあ、何だよ!?　何ができるんだよ!?　ほら、言ってみろよ！」

少しの間、クロノから言葉が消えるが、

『う、うむ、例えば、夜の営みとかどうじゃろう？』

そんなクソのような言葉を吐き出しやがった。

その言葉を耳にして、ブチッと俺の額の血管が切れる。そんな錯覚に陥る。

「……」

嵐のごとく荒れ狂う憤怒に文字通り二の句が継げない。そんな中、得意げにビッチ猫はさらに妄想を爆発させる。

『妾のような美しくも清廉な女神と一夜を共にできるんじゃ。ぬしのような女を一度も経験したこともないチェリーにはまさに至福のときじゃろう？』

「こ、こ、この――」

『うん？　なんじゃ？』

「クソビッチ猫があっ!!」

俺はありったけの怒号を吐き出すと、クロノの首根っこを掴む。

『な、なんじゃ。こんな緊急事態に発情しおってからに！　だから童貞の雄は――』

呆れたようにクビを左右に振るクソビッチ猫。俺は全力疾走を続けながら、ビッチ猫を掴む手を背後に向ける。

『はひっ!?』

今も迫る入道お化け――オーノーとビッチ猫はご対面する。

『うわっ、キモッ！　あれマジでヤバいのじゃ！　口から火を噴いておるぞ！』

動揺するビッチ猫クロノに、

「あいつに対抗して火でもなんでも吐いてやれっ！」

的確なアドバイスをしてやる。

『阿呆、火など吐けてたまるかっ！　ぬしは妾を何だと思うておる!?』

「できる！　お前なら絶対にできる。必ずできる！　きっとできる！　俺は信じているぞ！　だって女神様だものなっ！　フレー、フレー、クロノ、頑張れ、頑張れ、クロノ！」

俺は高校時代の応援歌を歌いながら、クロノを励ましてやる。

『そんな心にもない応援いらぬわ！　アチチッ、火の玉が今かすったのじゃ！』

「そうだ。このままではあの火の玉が直撃し、黒焦げになるぞ。クロノ、真っ先にお前から！」

『なんで妾がっ！』

「決まってんだろ。それがお前の役目だからだ」

そうだ。ごく潰しはこれ以上いらないのだ。もし、できぬと言うなら俺も覚悟を決める。お前には身体を張ってあの入道の気を引いてもらうとしよう。

『いやじゃ、妾はまだ死にとうない！』

「頑張れ！　クロノ！　気合いだ、クロノ！」

『まだ、妾にはやることがあるんじゃ!!』

「そうだ。その意気だ。お前のそのどす黒い欲望成就のためにも、死ぬ気でけっぱってくれ！」

『エンジェル、アズたんと甘い夜を過ごすのじゃ！　アズたんと夜通し頬擦りや添い寝をするのじゃ！　この悲願達成までは滅んでたまるものかぁっ!!　妨げるものは誰じゃろうと皆殺しじゃぁぁぁ――――っ!!』

クロノが声高にこっぱずかしくもゲスイ宣言をする。

『条件1、鏖殺宣言を確認。クロノの封呪の第一段階が解除されます』

無感情な女の声とともにクロノの全身が紅に染まると瞬時に球体となり、ある形を形成しつつ俺の手に収まる。

これは銃か。銃身は異常に長く白銀色であり、幾何学模様が刻まれていた。

俺は走りながら銃口を背後のオーノーの口に固定し引き金を引く。

心地よい振動とともに白銀の銃弾が放たれ、今にも火を吐こうとしていたオーノーの口にピンポイントで直撃し、大爆発を引き起こす。

俺は急停止すると、逆に奴に向けて疾駆し、アイテムボックスから斧を取り出し左手に持つ。

そして、銃弾のありったけを奴の全身へとぶちかます。

白銀の銃弾が次々と奴に命中する。両腕を吹き飛ばし、横っ腹に風穴を開け、蛇の尻尾をぐちゃぐちゃの肉片へと変える。

そして奴の懐に飛び込むと、半分吹き飛んだ頭部と胴体を繋ぐ頸部に斧を叩き込む。

オーノーの頸部がゴキリと明後日の方を向く。そして、俺は残存するありったけの銃弾を奴の身体に至近距離でぶち込んだのだった。

黒い粒子となって弾け飛ぶオーノーの肉体。そして一際大きな魔石がゴトリと落下する。

「勝った……のか？」

俺がそう呟いたとき、案の定、頭の中に反響する無感情な女の声。

《オーノーを倒しました。経験値とＳＰを獲得します》

《ＬｖＵＰ。藤村秋人はレベル20になりました》
《サブクエスト、【金のオーノー】クリア！　藤村秋人に第一層――【怪魚の湖】にあるセーフティーポイントが解放されます》

結局、【フォーゼ】の限定版は戻らねぇのかよ。ド畜生がっ！

あれからほどなくクロノは白銀の銃から元の猫の姿に戻る。封呪の第一段階とやらを解除された結果だろう、クロノの意思一つで銃に変形できるようになっていた。これで本格的な遠距離攻撃の手段が手に入り、かつクロノというお荷物の効率的利用もできるようになった。まさに、一石二鳥というやつだ。

あの怪魚の湖へと戻り、水際へと近づくと水がまるでモーゼの奇跡のごとく割れていき、中央の転移陣までの道ができる。こうして俺は楽々と、我が家に戻ることができたのである。

ビッチ猫の愚痴を全力でスルーし、自室へ戻りベッドに横になる。

午前2時であるが【社畜の鑑】の称号の効果によりまったく眠くならない。普段ならもう少し先に進むことも考えるところなんだろうが、今日はやることがある。

即ち、レベル20になり、ランクアップの条件を満たしたのだ。俺のステータスは遂に平均150前後に到達している。益々、あの場所での戦闘ではレベルを上げることはできない。もっと先に進むべきだな。

やはり二つほどテロップが出現している。

一つは――レベルアップ特典だ。

まずはスキル。【遠視】と【チキンショットLv1/7】という二つのスキルを獲得した。このうち、【遠視】のスキルは俺の権能である【万物の系統樹】の付随的効力により、【社畜眼】と融合し【千里眼Lv1/7】へと進化している。

このレベル1の千里眼の効果は――『スキル所持者から同心円状に一定距離内にあるもの全てを視認し、詳細に鑑定できる。ただし、遮蔽物がある場所ではその能力は著しく低下する』――だ。つまり、遮蔽物がない限り背後すらも振り返らずに視認し、鑑定することができるようになったわけ。これだけでも十分チート臭いが、同じく此度獲得した【チキンショットLv1/7】のスキルもコンボで発動することにより超絶極悪スキルへと変貌する。

【チキンショットLv1/7】――『特定の指定した座標に、遠方の安全領域から射程を無視して2回に限り遠距離攻撃できる。ただし、使用限度を超えると24時間の待機時間があり、その間、本スキルは使用不能となる』

要するに、千里眼で視認して目標の座標を指定できれば、俺の遠距離攻撃は必中となるってわけだ。ようやく、本格的に戦闘で使える攻撃系スキルが手に入った。もっとも、二回という回数制限もあるから当面はここぞというときの奥の手としてのみ使用すべきかもな。

次が《チキンハンター》がレベル20となり獲得した称号【世界一の臆病なプロハンター】。

【世界一の臆病なプロハンター】――『逃亡率の著しい上昇と長距離武器の威力、命中力、射程に補正がかかる。ただし、遠距離補正率は武器発射時の安全性の度合いにより比例的に向上する。チキンハンターのスキルを使用できる』

逃亡率の上昇はさておき、クロノが銃化した今、長距離武器の威力、命中率、射程に補正がかかるのは殊の外助かる。ま、安全地帯からじゃないと本領が発揮できないところなど実に俺に相応しいスキルだが。

最後が待ちに待ったランクアップだ。

【チキンハンター】のレベルが20となり、次の【幽鬼ホスト（ランクF――鬼種）】、【ダーウィン（ランクF――人間種）】、【トラブルハンター（ランクF――人間種）】の三つのいずれかにランクアップできるようになっていた。

にしても、幽鬼ホストってあまりアレすぎんだろ。まさか、最近女と話す機会が多かったからそっち系の職業の扉でも開いたのか？　正味、話したと言っても雨宮、黒華と少し、あとは自称女神のビッチ猫だ。一般よりはかなり少ない。幽鬼ってのは、さっき討伐したオーノーのせいか？　パズルやってんじゃねぇんだ。組み合わせればいいってもんじゃねぇだろ。

それにダーウィンって。進化論を主張したおっさんの名前じゃね？　もう職業ですらねぇよ。

そしてトレジャーハンターじゃなくてトラブルハンターかよ！　トラブルに巻き込まれる体質にでもなるんだろうか。それって、軽い罰ゲームじゃね？

トラブルハンターは論外だとしても、人間を止める幽鬼ホストか、それとも進化系のダーウィンのおっさんか。俺が持つ最大の武器である権能は――【万物の系統樹】。つまり進化に関する力だ。だとすれば、ここはダーウィンを選択しておくべきじゃないのか？

今回は少し冒険してみるか。まさか、選択したからっていきなり、髭面のおっさん顔になるわけではないだろうしな。

ダーウィンを押す。少し間があったのち、心臓の拍動が痛いくらい強くなり、視界が真っ赤に染まる。そして俺の意識は闇に落ちていく。

瞼を開けると、そこは見知った天井。咄嗟に顔を動かし時計を確認すると、午前六時を示していた。そうか、今回もランクアップして気絶したようだな。壮絶に頭がガンガンするうえに、ボーとして上手く思考ができない。

相当汗をかいたらしく全身がベトベトで気持ちが悪い。このまま会社に行けばオヤジ臭いと批難囂々だろう。シャワーでも浴びてくるとしよう。

1階へ降りて浴室へと直行し、脱衣所で衣服を脱ぎ、素っ裸になって勢いよく浴室の扉を開けた。

「はぃ？」

裏返った声を上げる十代の黒髪の美しい少女。

水に濡れた艶やかな長い黒髪に、女神のごとく容姿端麗な顔の造作。胸に生えた二つの一際大きな果実とくびれた腰。相当な美女だ。しかし、こんな奴がなぜ俺の家の浴室にいるんだ？

少女は丁度、ボディウォッシュ用スポンジで身体を擦っている状態で硬直化し、その視線は不躾にも俺の下半身へと向けられていた。

「お前誰だよ？」

一応尋ねてみるが、急速に少女の全身が紅色に染まっていく。そして――。

「ぎぃやあああああぁぁぁぁっ!!」

耳を劈くような大声を上げて俺を突き飛ばすと、浴室の扉を乱暴に閉めて、

「こ、こ、この無礼ものがっ！　そ、そんなグ、グロテスクなもの見せおってからに！　外に出ておるのじゃっ！」

そう言い放つ。うむ、たとえ女が勝手に人の家に忍び込むような痴女であっても、ここは紳士的に接するべきだろう。とりあえず――眼福でした。もう一度美女の肉体美を己の記憶として深く記録したのち合掌し、脱衣所を出る。

「で、お前があのビッチ猫。そう言っちゃったりするわけ？」

「ビッチ猫ではない！　クロノじゃ！」

ソファーの上で未だに顔を紅潮させつつ膨れっ面でそっぽを向き、両足を抱えている黒髪の少女。

クロノ曰く、クロノの封呪の第一段階が解放されたせいで一日に数時間、己の意思で本来の姿に戻ることができるようになったらしい。

それにしても、それ俺の服じゃねぇか。こいつ、人の衣装ケースを勝手に物色しやがったな。まあ、素っ裸でうろつかれるよりか大分ましかもしれんが。

「ケ、ケダモノ、人の身体をジロジロ嘗め回すように見るなっ!!」

俺の視線を遮るかのように涙目で蹲るクロノに、大きなため息を吐くと、

「お前、昨日夜の営みがどうとか言ってなかったか？」

半眼でそう尋ねた。

「っ!?」

クロノはビクンと全身を痙攣させると、部屋の隅へ移動して汚物を見るような目で睨みつけてくる。うーむ、女子からそんな蔑んだ目を向けられるとおじさん、興奮しちまうぜ。

なんて冗談はさておき、人を散々童貞とこき下ろしていたが、こいつこそ絶対処女だ。というか、多分、男性経験どころか、男と碌に関わったことすらないんじゃないのか？

ともあれ、確かに俺としても人の格好で家の中を勝手にうろつかれても鬱陶しい。確か2階にこの間来た妹殿の荷物が置いてあったよな。

2階へ行くと案の定、タンスの中には綺麗に朱里の衣服が収納されていた。机や椅子。ＰＣまで完備されている。面倒だし当分、この部屋で生活してもらうとしよう。

朱里の部屋に案内すると、クロノは当初、相当警戒している様子だったが安全な場所だとわかると忽ち順応し部屋に籠もってしまう。

まさか、男の裸一つ見ただけであれだけ取り乱すとはな。どんな初心な生娘だよ。

朝っぱらから、馬鹿猫に構っている場合ではないな。とりあえず、遅刻しないようさっさと飯を食って出勤しよう。

朝食を食いながらスマホを開くと長文のメールが一通来ていた。雨宮からだ。

内容は昨夜どんなテレビを見たとか、夕食に何を食べたとか、昨日何の曲を聞いて眠ったとかそんな他愛もないことばかりだった。朱里とも似たようなことを話すし、女子はそういうものなのかもしれないな。

一応、雨宮から今週末の予定を聞かれる。そういえば、遊びに行こうと言われていたし、二つ返事でOKを出す。悲しいかな、女子と二人で遊びに行くなど朱里を除けば、初めての経験だし、どんな場所がいいのかまったくわからない。俺は趣味が偏っている。少々情けない気もするが、行く場所は雨宮に任せることにした。

そういや遊び場所といえば、コミケが近々開催されるらしいぞ。最近、魔物やら種族決定やらの騒動の影響か、会社は早く終わる。最近とんと御無沙汰だったし、今年は足を運んでみるのも一興かも。

「まだ、ぶー垂れてるのか？　裸見られたのはお互い様だろ？」

『……』

俺の右肩で猫の姿でつーんとそっぽを向いて無視を続けるクロノ。俺に害があるわけではないし、どうでもいいがね。

会社に到着し駐車場に愛車を止めたところで、男女の二人に遭遇した。

一人はついさっきメールを送った女だった。

「先輩！」

雨宮は俺を視界に入れるとパッと顔を輝かせて、両手を大きくぶんぶんと振ってくる。

雨宮の隣にいる若い茶髪の壮絶イケメン青年は、俺を認識すると、あからさまに不快そうに顔を歪める。耳の先が不自然に長いことからも、大方、既に種族は選択済みなんだと思う。

こいつは香坂秀樹。ここの会社、阿良々木電子の親会社である香坂グループの会長の実子であり、ここ阿良々木電子の次期社長筆頭候補ってわけだ。

「おい、五流大！　梓に気安く話しかけるなっ！」

いやいや、旦那、あっしは、まだ挨拶すらしていませんぜ。

そういや、香坂秀樹と雨宮って幼馴染みで、現在結婚を前提として付き合っているという噂を女どもがしていたような。雨宮の奴、最近、このボンボンと上手くいってないとか？　そんな昼ドラのような展開はマジで勘弁だぜ。そういう三次元リア充的もめ事は、もっと女の扱いが上手い経験者に任せたい。というか関わりたくねぇ。

「それはどうも。雨宮、おはよ、じゃ、そういうことで！」

面倒ごとは御免だ。乳繰り合いなら俺なしでもできるだろう。

右手を上げて軽く挨拶し、二人の横を通り過ぎようとするが、雨宮に上着の袖を掴まれる。

「先輩、少し話があるのだが？」

おい、雨宮、お前、俺を見上げる目が据わってるよ。怖いって。マジで怖いって！

「あ、ああ、あとでな。それじゃ、そういうことで！」

再度、足を一歩踏み出すが、

「あとでだと!? 貴様、それはどういう意味だっ!!」

悪鬼のごとき形相で香坂に胸倉を摑まれぶんぶんと揺すられる。これって本気だ。このボンボン、マジで雨宮に惚れてやがる。冗談じゃねぇよ。こんなラブコメのような展開、どう考えても俺には荷が重すぎる。

「ちょっと誤解だって――」

誤解を解いてほしくて雨宮に助けを求めるが、もじもじと胸の前で絡ませた両手を忙しなく動かしながら、頰を紅色に染めて俯いていた。

いやいやいや、雨宮さん、今このタイミングでのそれは、無用な誤解を招きますって！

「秀樹さーん！」

取り巻きの女性社員が近づいてくるのが見える。香坂秀樹は軽く舌打ちすると、いつもの爽やかイケメンに表情を戻し、

「梓、また今度食事でもしよう！」

女性たちの方へ歩いて行ってしまう。

『ふんっ！　マイエンジェルにちょっかいを出すクズムシめ！　これ以上近づくようなら、妾が天罰を落としてやるのじゃっ！』

俺の右肩でファイティングポーズをとるクロノを尻目に、

「秀樹に根掘り葉掘り聞かれて途方に暮れてたんだ。助かったよ、先輩」

雨宮がまた俺の袖をそっと掴み、笑顔を向けてくる。

「いや……」

というか、マズくね？　これ絶対に誤解されたぞ。

「では先輩、行くとしようか？」

俺の袖を掴みながら、ご機嫌に歩き出す雨宮に、俺は大きく息を吐き出しつつ後に続く。

それから金曜日の週末まで、昼間はヘトヘトになるまで会社で馬車馬のごとく働き、夜は【無限廻廊】での修行に従事していた。

ちなみに、予想通りあの【ダーウィン】という種族系統は人間種でも『特殊系』というランクFの超レア種族だった。

【ダーウィン】の能力は三つ。一つは俺を含め三名の限度でパーティーを編成することができる能力、【パーティー編成】だ。二つ目が、その成長率をパーティー内で最も高い者の値に同期させるという【成長の系統樹】。最後の一つが、【ダーウィン】の称号ホルダーたる俺の保有する称号を一つに限り他のパーティーメンバーに使わせることができるという【称号使用許諾権】である。ただし、この【称号使用許諾権】には、この【ダーウィン】の称号及び称号使用者が経験したことのない種（人間種、天種、鬼種、不死種、幻想種など）の称号は使用させることはできないという制限がある。

このように、典型的なパーティー系の能力であるらしいが、仲間なんておらんから、効果など確かめようもない。そのうちパーティーを組むことも検討すべきか。

ともあれ、ダーウィンの次のランクアップまでのレベルは、1/30。レベルが30となればダーウィンの種族もマスターとなり、新たな称号を得ることができる。この種族は超レア。どんな称号か今から楽しみというものだ。

【無限廻廊】での修行は、暇があればひたすら草原を突き進むことを基本的スタンスとした。【怪魚の湖】のときのようなサブイベントもいくつかクリアしたが、そのクエストボスはオーノーより遙かに弱く、第一段階を解放したクロノによる攻撃でほぼ瞬殺だった。

結構進んだし、そろそろこの草原に終わりが見えてきてもいいと思うんだ。まあ、もう少しなのは間違いないし、気長にやるさ。

現在は、斎藤主任と外回りの途中で一緒に昼飯のうどんを食っているところだ。

斎藤主任は、俺の四つ上の先輩で、黒髪に眼鏡、そして今や真っ白な翼を背中から生やしている。どうやら斎藤主任は、鳥系の種族を選択したらしいな。

スマホには雨宮からのメール。あれから毎日のように連絡が来る。香坂グループが誇る最高クラスの研究者だし、こうしたことにはずぼらだと勝手に誤解していた。

問題があるとすれば、雨宮に俺がしつこいアプローチをするせいで香坂秀樹との仲がギクシャクしているという、会社内に蔓延する傍迷惑な噂だろうか。

あの付箋事件が尾を引き、この状況で俺にわざわざ関わってくるような物好きは限られているが、それでも数人から雨宮との関係について尋ねられた。果たしてこんな状況で本当に一緒に遊びに行っていいんかね？　端から見るとデートにしか見えんしさ。

俺の体面などあってないようなものだが、雨宮は違う。香坂グループ全体の中でも数少ないトップクラスの世界レベルの研究者。実際に24歳という若さで米国のいくつかの科学賞をとっているそうだし、会社としても雨宮のような金の卵は絶対に手放したくはあるまい。

確かに最近は屋上で昼飯を一緒に食っていることもあるくらいだ。そう他の社員が勘違いするのも無理はない。少し寂しいが、そろそろ、雨宮との関係も潮時なのかもな。

「いつもすまないね」

スマホの雨宮からのメールを眺めながら、ぼんやりとそんなことを考えていると、斎藤主任が俺に頭を下げてきた。

言葉の意図が理解できず、しばし一言も口をきかず、ポカーンとしていると、

「今回君が悪役を買って出てくれたことさ。あんな真似は君にしかできない」

そう、台詞の意味を説明してくれる。

「いや、あれは本当に俺が捨ててしまっただけで――」

「気を遣わなくていい。ここなら誰も聞いちゃいない」

「そう言われましてもね」

この件を蒸し返しても誰にも得はない。このまま風化させるのが一番合理的だ。それに既に俺の評判など地に落ちている。今更上げるだけの意味もないし。

「君の潔白は、古参の社員はみんな気づいているよ」

「あ、そういうことですか」

斎藤主任のいう古参は3人。いずれも営業部の中でもかなりの発言力のある奴らだ。本来、上野課長の虐めを止めねばならない古株連中はその現場を目にしながら、見て見ぬふりを決め込んだのだろう。上野課長にとって一ノ瀬は過去に思うように動かせなかった駒の一人。奴の蛇のようにねちっこい性格を鑑みれば、一ノ瀬に非がないことは至極当然の推論といえる。

「僕らはあの人の横暴を正せない」

「わかってますよ。俺も似たようなものです」

上野課長の親や兄弟は市議や都議、医者、弁護士などこの市でもかなりの名士。この会社にも香坂本家とのコネで入ったともっぱらの噂だ。

阿良々木電子第一営業部は、会社の屋台骨。その課長は営業部の実質NO.2。会社の運営にも口を出せる立場なのだ。この第一営業部で、三十代で課長になったのは上野が初めてだろう。さらに、いくつかの大きなプロジェクトもすでに任されているようだし、まさにあの学歴や年齢ではあり得ない出世といえるし、デマではなく真実なのだろう。

着服等の不正ならともかく、ただ横暴というだけの理由でその行動を正すことは、一般サラリーマンの俺たちには不可能。仮に逆らえば、俺のように阿良々木電子の経営陣から睨(にら)まれる結果となる。

「今回の君の行為がなければきっと、一ノ瀬君も辞めていた。君のような人物がうちの会社には必要だ。だから、見捨てず辞めないでほしい」

「見捨てるも何も、お互い行く当てがあるならとっくの昔に辞めているでしょう。違いますか？」

「いや、違いないな」

自嘲(じちょう)気味に笑うと斎藤主任は、うどんをすすり始めた。

本日の業務もあっさり終了し、帰宅すべく駐車場へ降りると、小さな体躯(たいく)の女が俺の車の前で佇(たたず)んでいた。

「先輩、最近物騒(ぶっそう)だし一緒に帰ろうと思って」

ああ、要するに夕飯を食べようということだろう。この数日毎日だしな。そして毎度、この事実にクロノは悔(くや)しがっている。

「俺は構わんが、いいのかよ？　今日は会社全体の親睦(しんぼく)会があるようだぞ？」

そんな話を女性社員どもがしていた。なんでも、種族を選択した結果、社内に少なからずギスギスした空気が流れてしまっている。それの解消だそうだ。断っておくが当然のごとく俺は誘われちゃいない。

「だって、先輩も行かないんだろ？」

「まあな」

「なら、ボクも行くまい」

「そうか」

　このままでは妙な勘違いをしてしまいそうで、笑顔で見上げる雨宮の頭をいつもよりも少し乱暴に撫（な）でる。

「……」

　以前なら子供扱いするなと、烈火（れっか）のごとく怒ったのに今はただ頬（ほお）を紅色に染めて俯（うつむ）くのみ。

　雨宮ってこんな奴だったか？　どうにも最近調子が狂う。

『下郎（げろう）！　勘違いするなよ！　アズたんはお前のような野獣（ケダモノ）に興味などないのじゃっ!!』

（はいはい、わかってる。わかってるって）

　雨宮は月曜日の期限ギリギリまで待って種族を決めると言っていたし、種族を決定したことが前提の飲み会に出るのが気まずいのもあるんだろう。

「どこで食ってく？」

「うむ、では今日は——」

「いた！　梓（あずさ）ちゃんっ！」

女性社員が数人、雨宮に右手を振ると俺たちの方に走ってくる。

「マズい、先輩行こう！」

俺の袖(そで)を引っ張るも雨宮は忽(たちま)ち取り囲まれてしまう。

「ちょ、ちょっとボクは――」

そして雨宮は女性社員たちに強制連行されてしまった。

どうやら、本日は一人の夕食になりそうだな。【無限廻廊】ももうすぐ次のステージに進めそうだし、それもまたよし。歩き出そうとしたところで右手首を掴(つか)まれる。振り返ると黒髪ツインテールの女性社員――一ノ瀬が佇立(ちょりつ)していた。しばし、呆気(あっけ)にとられていると、

「先輩も行きましょう！」

引きずられるようにして俺も連れていかれてしまう。

俺が飲み会に参加するときは、決まって裏方である。店に追加の注文をしたり、空(から)の瓶(びん)やら皿などを下げたり、そして――。

「大丈夫かぁ？」

「はい」

今年入社したばかりの社員の介抱(かいほう)だ。

現在、男子トイレに籠(こ)もって出てこない社員に生存確認をしている最中。中村(なかむら)の奴、大学を

卒業したての奴に無理に飲ませているようだ。体育会系なんだろうが、酒に慣れてもいねぇ奴に無理に飲ませんなよ。お前、何年会社にいるんだよ。

『ゲロと酒の匂いで鼻が曲がるのじゃ……』

クロノが器用にも子猫の姿で鼻を押さえながら、素朴な感想を述べる。

「まったくだ」

「ご苦労様」

斎藤さんが入ってくる。どうやらやっと終わったか。

「一応二次会があるんだけど？」

「俺が行くと思います？」

「いんや」

「こいつらを家に送り届けて俺はそのまま直帰します」

会計の斎藤さんに飲み会の代金を渡すと、完璧にグロッキーになった新入社員を肩に担いで運び出す。若いってのはいいもんだ。外に出て渡したスポーツドリンクを飲み干した時には全員どうにか歩ける程度には回復していた。

「秋人先輩！」

ほんのり頰を赤く染めた雨宮が、俺の傍までトテトテと駆けてくる。そのおぼつかない足取りからして、珍しく酒を飲んだようだ。次の日、頭の働きが低下するのが許せないとかで飲み会でも、雨宮は酒を滅多に飲まない。珍しいこともあったもんだ。

香坂秀樹もこちらに近づいてくる。その苦虫を嚙み潰したような顔から察するに、早くお邪魔虫は消えろとでも言いたいんだろうな。

しかし、雨宮は見たところもう撃沈寸前だ。お子ちゃまは、お家に帰る時間だろうさ。

「雨宮、お前はもうタクシーで家に帰れ」

「勝手なことを言うなっ!!　彼女は僕らと二次会に――」

「うん、わかった。ボクは帰るよ。じゃあ、先輩また！」

雨宮は上機嫌に目を細めると、香坂秀樹の言葉を遮るように俺に軽く左手を上げる。

「ちょっと梓ぁ――」

慌てふためく香坂秀樹など歯牙にもかけず、雨宮は道路で右手を高く上げてタクシーを拾って乗り込んでしまう。おいおい、恐ろしく淡泊だな。挨拶すらしなかったぞ。こいつら本当に付き合ってるんだろうか？　それとも倦怠期ってやつか？

「貴様――っ!!」

再度、俺に食ってかかる香坂秀樹に、

「秀ちゃーん、早く二次会に行こうよ！」

奴の取り巻きの女性社員がタックルでもするような勢いで香坂の腕にしがみつく。

親の仇でも見るかのような目で俺を睨みながら、奴は部長たちの集団へと戻って行く。

さて俺も帰るとしよう。丁度こちらに向かってくるタクシーを停めるべく右手を上げようとしたとき、背後から軽く服を引っ張られる。

「藤村君、君、ほとんど飲んでないだろう？　今から我々だけでまったりと飲む予定なんだ。一緒に行かないかい？」

耳元で囁く斎藤主任に、

「せっかくのお誘いですが、今日は疲れましたので俺はこれで」

頭を下げて今度こそ脇を通り過ぎようとするが、

「行きましょう！」

駐車場の時と同様、一ノ瀬が強引に俺の右腕に自分の腕を絡ませると、グイグイと引っ張って行く。

「ひっぱたいて御免なさい」

案の定、一ノ瀬から頭を下げられる。この古参の先輩たちが事情を話したんじゃないかと思う。気持ちは嬉しいが、営業部内で逆に軋轢を生む危険性があるぞ。俺の批難の視線に斎藤主任は肩を竦めると、

「大丈夫。話したのは彼女にだけだよ」

力強く言い放つ。それが一番問題なんだがな。

「そうそう、今は乾杯しよう！　正直、碌に飲んでないのよ」

その席で最年長の女性社員が乾杯の音頭を取り、俺は今日初めてのビールを喉奥に供給する。

現在午後の11時。会社の不満を垂れ流しながら酒をかっ食らう。まあ、予定調和のごとく俺と斎藤主任が、一ノ瀬たちの不満を聞く羽目になったわけだが。

「そろそろ、締めにしませんか？」

既にメンバーは俺と斎藤主任、一ノ瀬だけとなっている。

「そうだね」

「まだまだ、飲めまりゅ！」

「はいはい、酔っ払いは黙ってな」

呂律も回っちゃいないし。

会計を済ませて店を出ると、

「ごめん、私も今日中に帰らないと妻がうるさいんだ。彼女を頼むよ」

「ちょ――」

斎藤主任はシュタッと右手を上げて、俺の制止も聞かずに人混みに姿を消してしまう。

相変わらず勝手な人だ。内心で舌打ちしながら、タクシーを拾うと泥酔した一ノ瀬から何とかアパートの住所を聞き出す。

一ノ瀬のアパートは郊外にある地上7階建ての最上階。しかも、魔物騒動でエレベーターが故障中。まったく踏んだり蹴ったりとはこのことだ。

今、一ノ瀬を背負いながら、階段を上っている。ステータスが阿呆みたいに向上した結果か、一ノ瀬の身体は羽のように軽かった。

「ねぇ、先輩？」

「ん？」

「ほんとにごめんね」

「微塵も気にしてねぇよ」

事実、女子にひっぱたかれた程度で心を痛めるほど俺は繊細にできちゃいない。

「でも、面倒な女だとは思ったでしょ？」

「まあな」

「あー、随分、あっさりと肯定したよね？」

「当然だ。真実だからな」

「そうだよねぇ。あのセクハラ騒ぎのときも先輩に助けてもらったし、よく考えたら先輩には迷惑かけてばっかじゃん。そりゃあ、面倒にもなるか……」

自嘲気味な台詞を吐きながら、一ノ瀬はカラカラと笑う。

「反省してるなら、もっと上手く世の中を渡って行く方法を学べ。見ていてすこぶる危なっかしいぞ」

「心配はしてくれてるんだぁ？」

「それも違うぞ。俺はお前に辞められちゃ困る。だから助けたし、気にかける。それ以上でも以下でもねぇよ」

「なんで、辞められちゃ困るの？」

「俺の仕事が増えるからだよ」

即答すると背中から大きなため息が漏れる。

「そこは嘘でもお前が必要だとか言ってほしかったな」

「一応必要だぞ。むろん、労働力としてだがな」

「もう、先輩、いつも一言多いんだもん」

そう言ったあと、一ノ瀬はしばし押し黙り、再び口を開く。

「雨宮梓、可愛い子だよね？」

「そのようだな」

「先輩、今珍しく本心を述べたよね？」

「かもな」

「あんなに可愛いうえに、世界でもトップクラスというくらい頭もいいんでしょ？　ホント神様って不公平だよ」

寂しそうに呟(つぶや)く一ノ瀬に、

『ほほーう。エンジェルの良さに気づくとはなかなか、見所があるではないか。やはり、その美しき容姿同様、そこの不埒(ふらち)で醜悪(しゅうあく)な野獣(ケダモノ)とは一味違うようじゃな』

馬鹿猫は、一ノ瀬に対して称賛(しょうさん)の声を上げる。まあ、半分以上は俺をディスっている内容だったわけだが。

「他人を羨(うらや)んでもいいことねぇよ。世の中、ドラマや漫画のようにはいかねぇもんさ。自身が持ってないものを求めるな。それはきっと死ぬほど辛(つら)いし、何よりきりがねぇぞ」

一ノ瀬はしばらく沈黙していたが、やがてカラカラと笑いだす。

「ここは普通なら、『お前にも可能性がある。キリッ！』って諭(さと)す場面なんじゃない？」

「そういうのを求めてるなら彼氏にでも存分(ぞんぶん)に慰(なぐさ)めてもらえ。俺に期待すんじゃねぇよ」

「なんか先輩らしいなぁ」

さて、そろそろ、最上階だ。階段を上り切り、７０１号室の表札を確認し、俺は一ノ瀬を下ろす。

一ノ瀬は鍵(かぎ)を取り出すと扉を開けて、

「上がっていってよ。飲み物出すからさ」

「いんや、今日は少々疲れた。俺はここで帰る。戸締まりはしっかりとな」

俺は右手を上げて、階段を降りようとするが、

「ちょっと待って！」

いつになく必死な一ノ瀬に右手首を掴まれる。

「ん？　まだ用か？」

「先輩、最近知ったけど、私ね、結構悪い女なんだ」

「ほう、唐突な告白だな」

「うん。だからね――」

一ノ瀬は俺のネクタイを引っ張り、俺の顔を引き寄せるとその小さな唇を俺の唇に押しつけてきた。

「……」

ただの子供の戯れのような唇同士の接触。だが、その初めての感触に脳髄に電撃が走る。そして感覚の暴走とは相反して、頭は真っ白になり全身微動だにできない。

一ノ瀬はゆっくりと俺から離れると、両手を後ろに組んで、

「先輩、私の今の行為の意味わかる？」

リンゴのごとく真っ赤に顔を紅潮させつつ、俺の顔を覗き込むように上目遣いに尋ねてくる。

「う、うむ……」

微塵もわからなかったが、どうにかその言葉だけを吐き出す俺に、クルリと背中を向けて、

「私これで決心がついたよ。あの子には絶対に負けない。だから――」

意味不明な言葉を吐き出すと、まるで逃げるようにして一ノ瀬は部屋に飛び込んでしまった。

『あり得ん……あり得んのじゃ！　こんな悪魔のごとき邪悪な外見の男に、なぜあんな可憐な乙女が――』

クロノのどこか動揺の色を含んだ驚愕の声が、立ち尽くす俺の頭の中に響き渡る。

ようやく俺も覚醒しのろのろと帰路につく。

自宅へ辿り着き、自室へ直行する。とてもじゃないが本日は探索という気分ではない。アルコールも入っているし、今夜は大人しく眠るのが吉だろうさ。

しかし、一ノ瀬の奴、どういうつもりであんなことしたんだ？　まさか俺を好きだとか？

……………あはっ！　ふははははっ！　思わず笑っちまったぜ。一ノ瀬雫といえば、うちの会社の三大美女の一人。三次元女に大した希望や幻想を抱かない俺でさえも、すれ違ったら振り返って確認してしまうような絶世の美女。しかも二十代前半。それが一回り近く歳が上の自他共に認めるおっさんである俺に惚れている？　馬鹿も休み休み言え。

大方、今の若い奴特有の別れのスキンシップか何かなのだろう。遂に日本も挨拶の一つとして接吻までするようになったか。恐るべし三次元リア充的世界。俺には一生馴染めんな。

一ノ瀬の様子からいって非常に軽かったし、月曜に会社で会ったら、本人は綺麗さっぱり忘れているんじゃなかろうか。

第8章 Chapter 008 デート中のクエスト発生

あれこれ考えていたらいつの間にか、寝落ちしてしまっていた。今日は雨宮(あまみや)と遊びに行く日だ。メールを確認すると昨日の晩に既(すで)に予定が書きこまれていた。

へー、今人気の巨大テーマパーク、ファンタジアランドかよ。きっと、周囲は子供や恋人だらけで正直、気が引けるぞ。でもまあ、メールでも縫(ぬ)いぐるみが好きとか言ってたから、当然予期すべき選択かもな。

いいさ。当の本人が望むのなら付き合うだけだ。それにあそこは最近、【フォーゼ】とコラボし、限定フィギュアが置いてあると聞くし。丁度(ちょうど)よかったかも。

1階へ降りていき朝食をとったあと、ファンタジアランドへ向かう。

電車を乗り継いで約1時間半で待ち合わせ場所に到着した。

ファンタジアランドの前で、黒のズボンに真っ白なシャツと黒色のネクタイ、そして黒のベストを着こなす出(い)で立(た)ちの幼子(おさなご)が目に留まる。雨宮の私服姿って初めてみたな。大抵(たいてい)はスーツか白衣だったし。こんな、女子らしからぬ服装だが、彼女の内面を知る俺としては、実に雨宮に相応しいように感じていた。

「よう、待たせたな」

「いや、ボクも今来たばかりさ」

気のせいか今日の雨宮、元気がないような。というより、心ここにあらずのような感じだ。

もっとも、研究にのめり込んだ雨宮は大方こんなもんだ。知り合ったばかりのときなど、一緒に社員食堂で飯食っているというのに、一言も話さずブツブツと俺にとっては呪文に等しい言語を呟いていることすらあったし。

「大丈夫か？　急ぎの用でもあるなら後日でも構わんぞ？」

「違う！」

雨宮の小さな身体から発せられた一際強い大声に周囲の視線が集まる。

「い、行こう、先輩」

俺の右手を掴み、チケット売り場へとスタスタと歩いていく。

アトラクションを数箇所回るとすぐに雨宮の様子は最近よく見せる陽気なものへと変わっていた。

「先輩、次はあれだよ！」

楽しそうに顔を輝かせ息を弾ませつつ、俺の右手をグイグイと引っ張ってゴンドラのアトラクションに向かっていく。

「構わねぇけど、もう昼だし飯にでもしねぇか？」

雨宮は腕時計にチラリと視線を落とし軽く頷くと、

「そうだね。じゃあ、あれに乗ったら食事にしよう」

とびっきりの笑顔で返答する。

結局乗るんかい。雨宮は絶叫系の乗り物を好んだ。対する俺はその手のアトラクションが大の苦手。ガタブルで乗り物の手すりや隣の雨宮にしがみついている。ステータスが上がっても、過去に植え付けられた恐怖は消えやしないのだ。

悲鳴を上げている乗客を遠目に見ながら、ゴクリと喉を鳴らし列の最後尾へと並ぶ。


ゴンドラが終わりレストランに入って席に着くと、メニューを持った女性店員が俺たちの席までやって来て、

「本日は親子連れの方に限り、スペシャルメニューがありますが、いかがでしょうか？」

雨宮にとってタブー中のタブーの言葉を紡ぐ。

さて、どう返答しようかね。俺が口を開こうとしたとき――。

「ボクは今年で24歳だっ!!　どうやったら彼とボクが親子に見えるっていうんだ？」

椅子（いす）から立ち上がると即座に抗議する。

雨宮の奴、今日はホントどうしたんだろ？　いつもは自分の容姿のことを指摘（してき）されても、多少不機嫌になるだけで、店員相手にこんなにムキになることはない。

「あの……」

俺に助けを求めてくる店員に、

「いえ、結構です。このランチセットを二つください」

手頃なメニューを注文する。

「は、はい。お嬢さま、大変、失礼いたしました」

頭を下げる店員に、雨宮は下唇（くちびる）を噛（か）みしめると、

「いや、ボクの方こそ失礼した。声を荒らげてしまい申し訳ない」

深く頭を下げたのだった。

店員はすまなそうな顔で何度も雨宮に頭を下げつつ、厨房（ちゅうぼう）へ戻っていく。

「お前、今日、どうしたんだ？　朝から少し変だぞ？」

「う……ん。そうかも」

話したくないのだろう。真一文字（まいちもんじ）に口を結んで押し黙ってしまった。

気まずい空気の中、運ばれてきたオムライスを口に運んでいると、

「ときに先輩、少し尋ねたいことがあるんだ」

雨宮がスプーンをトレイに置き、いつもの気軽な調子で聞いてくる。

「俺が答えられることならな」

「うん。できるよ。だって先輩自身のことだし」

「ならいい。何だ？」

「先輩はどんな異性が好みなんだい？」

俺の異性の好みね。それこそ本日最もどうでもいい話題だな。なんだ、あらたまって尋ねてくるから何事かと思うじゃねぇか。ともあれ、ここは俺の中の理想の女性を答えるべきだろう。

「髪は黒くて長く、目元はパッチリで比較的長身、スタイルが抜群の巨乳の美女だ」

もちろん、こんな理想の女は三次元女に存在するはずがない。神ゲー――【フォーゼ】のメインヒロイン――神宮瞳だ。彼女こそが俺の理想であり、俺の魂の嫁。

「そ、そうか」

それだけ言うと雨宮はオムライスをスプーンで掬い、猛スピードで口に入れ始めた。そして、喉を詰まらせて胸をドンドンと叩いているので、

「もっとゆっくり食えよ。体に悪いぞ」

コップに水を汲んで渡してやると、それを無言で飲み干す。

『そなたってやつは……』

無言でただ食べ続ける雨宮を憐憫の表情で眺めつつ、クロノは俺の右頬に軽く猫パンチをすると、大きなため息を吐いてそう呟いたのだった。

昼食を食べ終えレストランを出ても、雨宮は一言も口にしない。

タイミングからいって、俺の女の趣味を答えたからだよな。やっぱ女なら引くか。なんせ二次元の女だしよ。どうも雨宮には女相手なら当然作れる壁がいつもなくなっちまう。

「雨宮、次はどこに行く？」

俺ができる精一杯の笑顔を浮かべて尋ねると、雨宮は俺を見上げていたが両手で頬を叩き、

「うん、そうだね。ゴーストスクールなんてどうだい？」

午前中同様、快活な笑顔で提案してきた。

ゴーストスクールは校舎を模したアトラクション施設であり、そこに様々なお化けやら、幽霊などが出現するという設定のもの。なんでも、大人でも普通に悲鳴を上げる出来栄えらしい。

ゴクッと喉を鳴らす雨宮。顔もいつになく強張っている。今までのアトラクションでは俺が悲鳴を上げて雨宮に抱きついていたが、今度こそ形勢は逆転した。絶好の名誉挽回のチャンス。

俺は昔からこの手のお化けやホラー系には耐性があるのだ。加えて、ゴブリンの大軍に追いかけ回されたり、変態入道に襲われたりして、対ゲテモノ耐性は著しく向上している。子供だましのお化け屋敷ごときを恐れる俺ではないわ！

ほら、怖いんだろう。繋ぐがよい。ドヤ顔で右手を差し出すと雨宮は躊躇いがちに握り返してくる。うむ、ロリっ子はやっぱ素直が一番だ。

妙にカクカクしている職員にチケットを見せて、俺たちは校舎に足を踏み入れる。

まずは、木造の教室だ。この歩くたびミシミシと軋む廊下に、ボロボロのガラス。作成者わかってんじゃねぇか。この背筋が冷たくなるような雰囲気、いいねぇ。これでこそお化け屋敷。

「どいた、どいたぁ!!」

猿轡をされて縛りつけられた若い男性を乗せた真っ赤なタンカを持った頭部が猪のバケモノが、俺たちの傍を横切っていく。奴らが纏う白衣の後ろには『亥者』と刻まれている。

おい！　なんだありゃ!?　タンカの上で縄により拘束された男もマジ泣きしているようで、妙なリアリティーがありやがる。怖いというより、気味が悪いわ！

「先輩、あれは何？」

キョトンとした顔で雨宮が尋ねてきたので、

「うーん、猪男かな」

無難な返答をしておく。

廊下を少し歩くと、薬品の匂いがする理科室に到着する。

そこでは、二体の骸骨がロックな曲に合わせて見事なソウルダンスを踊っていた。

「初めてだったけど、お化け屋敷って面白いんだね」

雨宮は大分緊張がほぐれたのか、俺に笑顔を向けてきている。

お化け屋敷が面白いと思われちゃダメだろ。変だな。数年前、朱里と来た時はもっとこうまともなお化け屋敷って感じだったんだけど。

次は音楽室。真っ赤な液体で全身ずぶ濡れの、髪が異様に長い女のピアノの伴奏で、壁に飾られた絵の中のベートーヴェンやらモーツァルトやらが額に太い血管を浮き上がらせて熱唱していた。

「すごい！　すごい！」

俺からすれば異様としか言いようがない光景に、大はしゃぎの雨宮さんである。

『いぽーん、にほーん、さんぼーん……』

そして、トイレ脇の洗面所では胸に歯無娘という名札を付けた歯のない女装したおっさんが、なぜか皿の上にある歯を数えていた。

『これ絶対変じゃぞ？』

わかっている。このネーミングセンスと、悪質極まりないふざけ方。間違いない。これはあのクエストやダンジョンと同質のものだ。

背中に冷たいものを押しつけられたかのような悪寒が全身を走り抜ける。

「雨宮！」

雨宮に向き直り、その両肩を掴む。

「先輩？」

雨宮は神妙な顔で見上げてくるので、

「少し目をつぶってろ」

これから起こることは、雨宮には少々刺激が強すぎる。

「う、うん」

顎を上げると雨宮は瞼を固く閉じる。

《クエスト――【デッド オア アライブ】が開始されます》

同時に頭に響く女の声と、俺たちの眼前に浮かび上がるテロップ。

◆クエスト：デッド オア アライブ
説明：ファンタジアランドがアンデッドたちに乗っ取られた。奴らのボスを討伐しファンタジアランドを解放せよ。
クリア条件：アンデッドのボスの討伐

アンデッドか。期待を裏切らず全てアレだが、クエストは内容もクリア条件も今のところはっきりしている。少なくとも、【金のオーノー】のような何が起こるかわからん不気味さは感

じない。さて、どうしようか？

最優先は雨宮を連れてこの場を離脱すること。雨宮は俺の大切な友だ。危険に晒せない。あとは全ておまけだ。何かあったら、その時に考えればいいさ。

「悪い、雨宮、ちょっと失礼するよ」

雨宮をお姫様抱っこする。雨宮は一ノ瀬以上に重さを感じさせなかった。

「せ、先輩、ダメ、ダメだよ。まだ昼間だし、あんなに人が沢山いるんだよ？　ボクら……」

真っ赤になって両手で顔を覆い、消え入りそうな小さな声で何やら呻いている雨宮の顔を俺の胸に押しつけると、

「そのままでいろよ」

そう強く命じる。

「う、うん」

躊躇いがちに俺の胸の中で了承の言葉を口にする雨宮を確認し、俺は全速力で出口へ向けて疾駆した。

校舎内で襲いかかってくる骸骨やらゾンビの職員どもを蹴飛ばして一撃のもとに粉砕する。この近くにいるものは、ステータス10の雑魚ばかり、わざわざ、俺が出しゃばらなくても、もうじき特殊部隊が投入され、この場は解放される。今は雨宮とともにここからの脱出を最優

先に考えるべきだろう。よし、出口だ！

　ゴーストスクールの建物を出た時、俺が見た光景はあのオークの襲来以上の地獄だった。

泣き叫び、逃げ惑うゲストたち。

　ゾンビ化した職員に頭から齧られている男性、その彼女と思しき女性は丁度、骸骨が持つ剣によりその頸部を切断されたところだった。

　中央では、ファンタジアランドの人気キャラクターであるターニュの異様にリアルな縫いぐるみが、ボリボリとまるで煎餅でも齧るかのように人型の何かを食べている。

　くそ、あのターニュは平均ステータスが１５０近くある。とするとボスはそれ以上、いささか分が悪すぎる。やはり、俺の逃走の選択は正しい。それに、こんな光景、優しい雨宮には絶対に見せてはならない。

「もう少しだけこのままでいてくれ」

　懇願ともとれる言葉を吐き出す。

「う、うん」

　雨宮はガタガタと小刻みに震えながら、俺の背中に手を回すとそのまま身動き一つしなくなる。こんなとき素直だとホント助かる。朱里相手だったらこうはいかなかったかもな。

　ファンタジアランドの出口に着くまでは、もちろん俺にも複数の化物が襲いかかってはきたが身体能力が違いすぎるせいか、全て楽々逃れることができた。

ファンタジアランドのゲートを走り抜け、その正面にある警察署まで直行する。

警察署の中には既に命からがら逃げ延びてきたゲストで溢れていた。この警察署なら自分たちを守ってくれる。そう信じて避難してきたのだろう。

その選択は今回に限り絶対的に正しい。なぜなら、これはこの世界を変質させたクソッタレな奴が俺たち人類に与えたクエスト。そして、あのクエストの説明では、アンデッドどもからのファンタジアランドの解放を求めていた。逆に言えばあの場所から一歩たりともアンデッドどもは外に出ることができないはずであり、今の、この場は安全地帯といえる。

雨宮を床に下ろすとボロボロと涙を流しながら、血の気が引いた真っ青な顔で俺にしがみついてきた。無理もない。こんな凄惨な現場に、既に二度も遭遇しているんだ。直接目にしてはいないといっても、ゲストたちの断末魔の叫びや助けを求める声だけは耳にこびりついて離れまい。雨宮の背中をそっと叩いて落ち着くようにしていると、

「お願いだよっ!! お母さんとお姉ちゃんを助けて!!」

子供の金切り声が鼓膜を震わせる。

【フォーゼ】の主人公、ホッピーに似た仮面を首に下げた7、8歳くらいの少年が制服姿の警察官の足にしがみつき、必死に懇願の叫びをあげていた。

「もうじきやっつけてくれるおじさんたちが到着するよ。だからもう少しの辛抱だ」

そう答える警察官は堪えきれない悔しさからか、下唇から真っ赤な血が滲んでいる。

彼らにとって市民は守るべき対象。その無辜の市民が目と鼻の先で次々に死んでいるのだ。助けられぬ口惜しさは想像を絶するだろう。

だが、それもしかたない。このクエストの名が示す通り、これは生死をかけた冒険。巻き込まれる者も挑む者も、生か死の二択しかない。

そして外の化物どもの一部にステータス150超えがいた以上、今の俺でも命懸けの戦いになるのは目に見えている。ここは何があっても、傍観すべきなのだ。

「僕、もういい子にしてるから、何でもするからさぁ!!　だから、助けてっ!!」

周囲からすすり泣く声があがるが、誰も名乗り出る者はいない。

わかっている。これはあの時の光景の焼き直し。弱きを助け強きをくじくヒーローなど全て幻想だ。圧倒的強者の前では、指を銜えて見ていることしかできない。今の俺がそうであるように、昔の俺がそうであったように。

遂に大声で泣き出す少年とそれを必死で宥める警察官たち。

『いいのか？』

クロノが俺にさも興味ありげに尋ねてくる。

「何がだ？」

『あのままでは、大勢死ぬぞ？』

「知ってるさ」

『老若男女問わず、死ぬ』

「知っている」

『あの小坊主の親や姉もあの怪物どもの臭い腹の中じゃ』

「知っていると言ってるだろっ!!」

　つい荒らげてしまった声に、俺にしがみつき声を殺して泣いていた雨宮が驚いた顔で見上げてくる。

『今ここで宣言しておいてやる。この場でこの茶番を止められるのはそなただけじゃ』

「ああ、そうかよ！」

　あくまで止められる可能性があるだけだ。一介の会社員に過ぎない俺がわざわざ死地に足を運ぶ必要性がどこにある？　特殊部隊を待つ。それが今取り得る最善の選択のはずだ。

『まあ、妾としてはエンジェルが無事なら別に人間どもがどうなろうと知ったことではない。好きにするがいいさ』

　落胆しているようなどこか投げやりで感情を抑え込んだクロノの声色が、このときどうしょうもなく俺は癇に障っていたのだ。

「ああ、もちろんそうさせてもらう」

　啖呵を切って、雨宮の手を引き、部屋の隅まで移動して腰を下ろそうとすると、

「先輩、大丈夫かい？」

雨宮が心配そうな顔で俺を見上げながら、尋ねてくる。

「もちろん。怪我一つねぇよ」

笑顔を作って全身を叩き、無事をアピールする。

「ううん、違うよ。先輩、今、泣いているから」

「泣いている？」

頬に手を当ててみると温かな水分の感触。混乱の最中、腰を下ろそうとするが、俺の身体はまるで石になったかのように、動かすことは叶わない。ただ、今も周囲の大人に助けを求めている少年にその視線は固定されていたのだ。

――誰でもいい！　母さんを助けてよ！　誰か！　誰か！　お願いだよぉぉぉぉ!!!

突然、脳裏にフラッシュバックする子供が泣き叫ぶ光景。その子供は無様に、顔を涙と鼻水で無茶苦茶に濡らしながら、周囲に助けを求めていた。

「そうか……」

ようやくわかった。

俺は助けたかったんだ。

「そうだったんだな」

俺は名前も知らぬもののために命は懸けられない。俺には少年漫画のヒーローたちのような義勇もなければ、自衛隊や特殊部隊の奴らのような勇猛さもない。それは他ならぬ俺が一番わかっている。きっと、俺が助けたいのは——。

それを認識した途端、身体は勝手に動いていた。

「先輩？」

焦燥に満ちた雨宮の声。

「雨宮、絶対にこの場から動くな」

そう指示を出すと、少年の前まで行き、しゃがみ込んで、その両肩を摑む。

「坊主、母ちゃんと姉ちゃんを助けたいか？」

「うん」

以前の俺のように鼻水と涙で顔をぐしゃぐしゃにしながら、少年は大きく頷く。

「名前は？」

「優斗、烏丸優斗」

「優斗、その仮面をよこしな」

優斗の首に下げられていた狐の面を指差してそう指示を出す。

「うん……」

優斗は首から面をとると、恐る恐る俺に渡してくる。

俺は立ち上がり面を被ると、優斗の頭を乱暴に撫でて、

「これからホッピーがお前の母ちゃんと姉ちゃんを助け出す」

そう力強く宣言する。そして、右肩の黒猫を一瞥し、

「力を貸せ、クロノ」

そう命じる。

『我が主殿の命だ。もちろんだとも』

クロノは光の球体となって、俺の右手に収束していき、一丁の白銀色の美しい銃に変わる。

「き、君――」

警察官の声を契機に、俺は全力で床を蹴るとあの地獄へと走り出す。

切符売り場を通り、俺は死地へと戻る。

これはクエスト。ここに住まうボスキャラを殺せば俺の勝利。一応時間は無制限だが、救助が遅ければ俺は目的を達成できない。それは俺にとって負けに等しい。敵のボスの情報が一切与えられていないのだ。今までのクエストの中で最高難度といっても過言ではない。

敵のボスを引きずり出す方法が思いつかない以上、今はこのアンデッドどもの殲滅が先決かもしれん。あれからクロノの性能テストは十分済ませている。一度に込められる白銀の銃弾は48発で、俺のＭＰを消費して生み出すことができる。銃弾を生成するにはクロノのグリップに約10秒間魔力を込め続けなければならない。

今の俺のステータスは、ダーウィン――レベル5/30、ＨＰ８８０、ＭＰ７０２、筋力２３２、耐久力２４０、俊敏性２４８、魔力２２０、耐魔力２３０、運１８０、成長率ΛΠΨとなっている。

通常の雑魚敵なら相当の実力差がある以上、十分駆除できるはず。あとは手当たり次第、派手に殺しまくってボスから何らかのリアクションを待つのがベストだろうさ。

【チキンショット】は、Ｌｖ４になり、『特定の指定された座標に、遠方の安全領域から射程を無視して１００回に限り遠距離攻撃できる。ただし、使用限度を超えると3時間の待機時間があり、その間、本スキルは使用不能となる』に性能は大幅に向上している。

そうと決まったらとっとと始めよう。

今も数人の女子高生を取り囲んでいる7体のゾンビへ向けて地面を蹴ると同時に、その頭部目がけてクロノの銃弾を四回連続で放つ。

次々に銃弾はゾンビの頭部に命中。まさに瞬きをする間に、四体が粉々の肉片となって周囲に飛び散り、直後粒子となり黒色の魔石がボトリと落ちる。

目の前に迫る残り三体のうちの一体の懐に入り、堅く握った左手をそのゾンビの腹部に突き上げる。俺の左拳によりゾンビの体軀が弾けるやいなや、隣のゾンビに至近距離からクロノによる銃弾を放ち、その頭部を破壊する。

ピクリとも動けぬ最後の一体のゾンビに体当たり気味に突進し、左足を渾身の力で奴の胴体へ向けて振り抜いた。ゾンビは凄まじい速度で後方へ吹き飛び、建物の壁に衝突し、細かな粒子となる。

「ひいいっ！」

今も抱き合って泣きながら震えている女子高生の傍まで行くと、

「死にたくなければ立って走れ、俺が援護してやる」

助かる気がない奴まで救ってやれるほど今の俺には余裕がない。だから精一杯強い口調で彼女たちにとって酷な指示を出す。

女子高生たちは何度も頷き悲鳴を上げながらも走り出す。光に群がる虫のごとく骸骨やらゾンビやらが殺到するが、それを全てクロノの銃弾で一撃の元、破壊する。

女子高生たちが無事切符売り場のゲートをくぐったことを確認し、俺は千里眼を発動してこのファンタジアランドの全域の把握を開始する。ここ数日の【無限廻廊】の探索で今の俺の千里眼はＬｖ４まで上昇しており、その範囲も著しく上昇している。といっても、最大でも半径５００ｍ程度に過ぎないわけだが。

それでも中心まで移動すれば、このファンタジアランドのほぼ全域を見渡すことができるはず。

千里眼を発動すると俺を中心にドーム状の透明な不可視の空間が出現する。その中で怪物に襲われている人を優先的に探索していく。

遠方の噴水の前で今もカップルを喰らおうと涎を垂らしながら、ゆっくりと迫るリアルクマの縫いぐるみを確認し、銃弾を連続で放ち、粉々に爆砕する。

子供の手を引き逃げ惑う母親の姿を楽しむかのように追尾する豪奢な鎧を着たスケルトンの体の中心に弾丸を放つ。命中した弾丸により四方八方に骨片が飛び散り、塵となる。

空を滑空し、中年夫婦へ向けて高速降下するツギハギだらけの鳥に狙(ねら)いを定め、銃弾を放ち、全て撃ち落とす。

「早く、出口に向かって走れ!!」

大声で指示を出したとき、地響きを上げながら、俺に迫る巨大生物。

胸に『グレートきょうし』の刺繍(ししゅう)の入ったスーツを着用し無精髭(ぶしょうひげ)を生(は)やした巨大なオッサンが前にならえの姿で、ジャンプしながら俺に迫ってきていた。肌(はだ)は青白く、額(ひたい)にお札がつけてあることからも、あれで一応キョンシーのつもりなんだろう。

クソゲーム管理者めっ!　いい加減悪ふざけが過ぎるってもんだ!

「第一、デカけりゃいいってもんじゃねぇんだよ!」

俺は奴の全身に銃弾を連続で放つ。クロノの弾丸は高速で疾駆(しっく)し、次々にクリーンヒット、奴は血飛沫(ちしぶき)を撒(ま)き散らしながら後方へと吹き飛び、忽(たちま)ち粒子となる。

俺は千里眼でさらなる敵を探す。今にもゲストに襲いかかろうとしている首なしのバケモノをロックオンし、銃を構えて、

「さあ、お望み通り、気のすむまでとことんやり合ってやるよ」

引き金(トリガー)を引く。銃弾が空を高速で流れ、首なしのバケモノに命中すると、その身体(からだ)は砕(くだ)け散り、次いで粉々の粒子となって空へと溶けていく。

「クソゲテモノどもがぁっ!!」

そして、奴らを皆殺しにするべく全神経を集中し、俺は殲滅を開始した。

千葉県白洲市――ファンタジアランド前白洲警察署。

「皆さん、ご覧ください！　ホッピーです！　ホッピーにより、ファンタジアランドに出現した化物が次々に駆除されていますっ!!」

ヘリからのアナウンサーの興奮した声。警察署内のテレビの画面には、地上でまさに修羅のごとき戦いを繰り広げている狐の仮面を被った一匹の怪物が映し出されていた。

姿が霞むような超高速でゾンビや骸骨の間を縫うように疾走するたびに、その頭部や胴体が粉々に砕け散る。狐仮面が殴ると、ゾンビの顔は弾け飛び、蹴ると骸骨は粉々の破片へと分解する。

「危ないっ！」

ゲストたちの焦燥に満ちた叫び。狐仮面の背後から数羽の鳥の縫いぐるみが高速降下する。

しかし、狐仮面は振り返りもせずに背後に白銀の銃の銃口を向けると数発放つ。銃弾は全て正確に、鳥の縫いぐるみに命中しその身体を爆発させる。

「う、嘘だろ!?　今、背後を確認してたか？」

「いや、見てすらいない。あの狐仮面、背後に目でもついてんのかよっ!!」

若い刑事の疑問の声に、同僚の刑事が首を左右に振りつつ、そんな驚愕の声を上げる。

「それだけじゃないいな」

「「署長!!」」

背後から現れた制服姿の年配の男に、警察官たちは一斉に姿勢を正して敬礼する。

「いや、今は非常事態、敬礼など不要。それに我らは市民の保護という警察官として最大の使命すらも達せられぬ役立たず。今更そんなお遊戯をしても、何の意味もないだろう？」

自嘲気味に乾いた笑い声をあげる白洲警察署署長に、

「それもそうですね。それでそれだけではないというのは？」

年配の刑事が頷きつつ尋ねる。

「彼が参戦してから、たった一人の市民もその命を落としていない」

「はっ!?」

「嘘でしょっ!?」

目を皿のように見開きテレビ画面を凝視するが――。

「本当だ！　市民に襲いかかった奴からピンポイントで駆除されている！」

「ああ、だから奴ら一歩も動けず、あの狐仮面へ向かっていくしかなくなっている」

さも狐仮面に怯えているかのように、ゾンビも骸骨も、縫いぐるみどもも硬直化してしまっていた。そんな中、次々にゲストたちは必死の形相で出口へと逃げ出していく。

「でも、そんな精密な射撃、オリンピック選手でもなければ――」

「いや、そんな次元じゃない。どんな選手にもあんな長距離を一度のミスもせずに命中させることなんて不可能だ。あの銃にしてもとっくの昔に弾切れになっていてもおかしくない。なのに依然として撃っている。全てにおいて、もう人が為せる範疇を超えている」

年配の刑事のこの言葉に、署長はしばし顎に手を当て考え込んでいたが、

「あの種族の決定。あれが――」

何か言いかけるが、割れんばかりの歓声により掻き消された。

「どうやら彼によって最後の避難所のホールが解放されたようです。続々と市民が逃げ出していきます」

安堵したような刑事の声。

そして――。

「お母さんっ!!　お姉ちゃん!!」

心配そうにテレビを眺めていた黒髪の少年が、歓喜の声を上げる。少年の視線の先には無事、切符売り場の改札に転がり込む二人の女性が映し出されていた。

そこで、避難民たちから一斉に悲鳴が上がる。突如、観覧車の支柱が折れ曲がり、狐仮面に

倒れかかってきたのだ。

しかし、狐仮面はまったく動じる様子もなく易々とそれを避けると銃弾を放つ。いくつもの銃弾が観覧車の化物を穿ち粉々の瓦礫に変えてしまう。直後、観覧車の瓦礫は、一瞬でその姿を消失させてしまった。

「き、消えた……」

「し、信じられん。あんなでかい物が!?」

刑事たちの驚愕の声。そして――。

「すごい……」

逃げる市民に、石のように一歩も動けぬ化物たち。その到底あり得ぬ光景を目にし、男性の一人がボソリと感想を述べる。

「頑張れぇ!! ホッピー!!」

この少年のエールがトリガーだった。

「すげぇぞっ!! 頑張れっ!!」

次の瞬間、津波のような歓呼で警察署内は包まれる。

皆、あらん限りの声を上げて、ホッピーに声援を送っていた。

「くふふ、どうやらそろそろ奴さんも本気になったようですよぉ」

警察署の玄関に、目が線のように細い袴姿の男が背後に特殊部隊と思しきボディアーマーに身を包んだ者たちを引き連れて姿を現す。

その強烈な好奇心ととびっきりの歓喜を含んだ視線の先にあるテレビ画面では、狐仮面と相対するように、全身に金や宝石を無数に散りばめた恰幅の良い男が黒色のスーツを着込んだ骸骨を引き連れ佇んでいたのだ。

Ｌｖが４まで上昇した千里眼により、大まかではあるがこのファンタジアランド全体の索敵はできていた。だから俺は千里眼で各ゲストの位置情報を把握。ゲストの逃走の障害となるアンデッドどもを駆逐し、まずは彼らを優先的に逃がす。
ここで、俺の所有称号――【世界一の臆病なプロハンター】により、命中率、威力、射程の点につきかなり強力な補正がかかっており、千里眼で特定さえすればクロノの有効射程範囲内に入っている限り、外すことはなかった。
とはいえ、有効範囲外でもゲストは常に襲われている。その場合、千里眼で特定しつつ、【チキンショット】により即殺した。有効射程範囲外のアンデッドどもに限ったせいか、【チキンショット】はまだまだ残弾に余裕がある。
そして、外にいる全ゲストの避難が完了したら、次は建物をしらみ潰しに探索していく。千里眼の効果が建物内まで及ばないこともあり、これが一番苦労した。

もっとも、建物内はある一つを除いて魔物が侵入し得ない安全地帯となっており、犠牲者数は大したことはない。問題は、常に一定間隔で外のアンデッドどもの補充があること。外のアンデッドを殺し尽くしても、ゲストたちが逃げる時には少なからずアンデッドは産生されてしまう。この性質のために、そのまま建物内に残すことも考えたが、いつルールをより過酷に変更されるかわからない。だから、危険を承知で一か所ずつ、外のアンデッドどもからゲストを守りながら出口へと走る。そしてその逃走が完了してから次の建物へ移る。これを地道に繰り返す。結果、大ホールを最後に全ゲストの避難が完了する。

もう俺にも敵のボスがどこにいるのか見当がつく。

おそらく――あのゴーストスクールだ。他の建物と異なり、あそこは安全地帯になっていないようだったし、ほぼ間違いないと思われる。

俺がゴーストスクールの前まで移動すると、建物の正面玄関からでっぷりとした金色のサングラスをかけた男が姿を現す。

高級そうなスーツに金やら白金やら宝石などの装飾品を全身に身に着け、口には葉巻をぷかぷかと吹かしている。そして、その成金野郎の背後の建物から真っ黒なハットを被り、同じく黒色のスーツを着た黒色の骸骨どもが隊列を組んで出てきた。

『ミュージックゥ――スタート！』

成金野郎は指をパチンと鳴らす。すると、ロックなバックミュージックが鳴り響き、骸骨どもは一斉に一糸乱れぬソウルダンスを踊り始める。

鑑定をかけると、あの黒色の骸骨――ブラックスーツの平均ステータスは190。あの成金ゾンビ野郎は《メガリッチ》とだけ鑑定できた。

舐めやがって。すごい金持ちだからメガリッチとでも言いたいんだろう。

結局駄洒落かよ！　しかも相当くだらない部類の。お遊びで他人の命を奪うか。

俺は己がどれほど薄情かは知っている。それでもこの人の命をゲームの駒にしか考えてないやり口には心底反吐がでる。

『役割ぃ分担だＺＥ！　貧乏人どもの存在価値はぁ、ＭＥにぃ魂を貢ぐことのみＳＡ！　ＹＯＵも、糧となれＹＯッ！』

とってつけたような口調だな。おそらく、そのように設定されているんだろう。とすれば、こいつらとの会話に意味はない。もういいさ。こいつらの茶番劇に付き合うのは疲れた。これで気兼ねなく殺意をぶつけられる。

「同情するぜ。お前は少々、俺の中のタブーに触れすぎた」

その言葉を最後に、視界が真っ赤に染まる。熱した棒を脳髄に突き立てられたかのような頭痛とともに視界が歪み、突然ブラックアウトする。

漆黒の闇の中心には、血のような真っ赤な檻。そこで俺を出迎える一匹の人型の何か。

俺はこいつを知っている。多分、こいつは幼い頃からずっと俺の中に捕らわれている怪物だ。そいつが捕らわれている檻の扉はいつも俺の前にあるが、決して外せぬ錠がかけられている。そいつは檻の向こう側から、弱くも無様な俺を眺めるとニィと口角を吊り上げる。そのぞっとする吸い込まれそうな闇色の瞳で射抜かれただけで、嘘のように心が静まり、冷えていく。恐怖や絶望、憤怒等、戦闘に不要な感情があっという間に、消失していく。

視界に光が戻り、俺は目の前の滑稽な道化を見下し、嘲笑う。

そして――。

「死ね」

自分でもゾッとするような声を吐き出し、俺は疾走を開始した。

群がるブラックスーツどもをクロノの銃弾で次々、爆砕する。

地面を走り回る俺に対しメガリッチが右手を掲げ円のマークを作り、『円炎、円』と叫ぶと、灼熱の炎の円盤が一直線に俺に向かって爆走する。

『円！　円！　円！　円！』

奴の叫びとともに、バカみたいな数の炎の円盤が俺に高速で向かってきた。

タイミングを見計らいそれらを全てアイテムボックスへ上手く収納してしまう。僅かに掌に火傷したものの、身体を動かすのに何ら支障はない。これで殺害の道具の一つを手に入れた。

『ぬ!?　ならこれならぁーどーYO!』

メガリッチが両手の人差し指と親指で円の形を作り絡ませたうえで、左右に引き離す。

『エンガァ――TYO!』

不意に悪寒を覚え、背後に跳躍した直後、前方の地面が大きく十字に引き裂かれる。

いくつもの地面を抉る十字の衝撃を避け、炎の円盤を吸収しながら地面を疾駆し、クロノを撃ち続ける。ガラクタと化す黒骸骨――ブラックスーツども。そして遂に最後の一匹が爆砕されると、

『無駄無駄無駄ぁぁ増やせばいいだけだZEェェ――!』

メガリッチが両腕を上げてオーケーのサインを作ると奴の周囲の地面が赤く発光し、ブラックスーツどもが湧き出てくる。

俺は再度クロノの銃弾を浴びせてメガリッチの周囲のブラックスーツどもを殲滅する。

「無駄無駄無駄無駄ぁぁだZEッ!!」

また円のマークを掲げようとするが、予め放っておいた銃弾が奴の両腕を引きちぎる。

両腕を失い一瞬呆然とする奴に、チキンショットで頭部と両足を指定し3発放つ。さらに一呼吸おいてチキンショットで消失した両腕の根元に向けて2発撃つ。

銃弾は奴に向けて一直線に進むも、

『無駄無駄無駄ぁAAッ!』

メガリッチは軟体動物のような不自然な動きでそれらを避けようとするが、銃弾も不自然に曲がり、奴の両足を爆砕し、頭部を粉々に粉砕する。次いで両肩付近に2発当たり大爆発を起こす。胴体だけとなった奴は地面に叩きつけられるが急速に再生していく。

『む……ＤＡＤＡＤＡ』

顎が、そして口が修復される中、俺は奴の身体の中心を【チキンショット】で指定し、さっきからたっぷり収納していた炎の円盤をアイテムボックスから取り出して放つ。

無数の炎の円盤は奴に向けて突き進むが、半分生えた足でメガリッチは、バッタのように上空に跳躍した。これがただの炎なら奴は無事躱して全快し、形勢は完全に逆転していたことだろう。

しかし、幾多の炎の円盤は不自然な経路を描き、奴に殺到する。

燃え上がり、のたうち回るメガリッチに、ありったけの銃弾をぶちかます。

クロノから放たれた銃弾は次々に命中し、断続的な爆発を引き起こす。

間髪入れず、さっき収納しておいた観覧車の残骸を奴の上空に指定し、アイテムボックスから出す。落下する巨大な観覧車だったもの。

それは黒焦げの胴体のみとなり耐久力が著しく低下したメガリッチの頭上に落ちていく。尋常ではない高重量の物体。それは奴を押し潰し一瞬で粉々の粒子へと変えてしまった。

《メガリッチを倒しました。経験値とＳＰを獲得します》

《LvUP。藤村秋人のダーウィンのレベルが8になりました。負った傷は完全回復します。

スキル――【チキンショット】はLv5になりました。

スキル――【千里眼】はLv5になりました》

《クエスト【デッド オア アライブ】クリア！ ファンタジアランドは以後、人類に永久に開放されます。

クエスト、【デッド オア アライブ】のクリアにより――。

藤村秋人に称号――【新米ヒーロー】が与えられます。

藤村秋人に特別報酬――【トランスファーリング】が与えられます。

藤村秋人の【狐の仮面】は、初フィールドクエストクリア特典の効果により【黄泉の狐面】へと変化します》

《藤村秋人の意識レベルの低下を確認――【トランスファーリング】の発動条件を満たします。

直ちに帰還を開始いたします》

頭の中に響くその女の声を子守唄に、俺の意識は真っ白な霧に包まれていく。

千葉県白洲市――ファンタジアランド前白洲警察署。

テレビでは、恰幅の良いゾンビの化物が倒された直後、狐仮面の姿も煙のように消失してしまう光景が映し出されていた。

誰も一言も発しない。署内は、耳が痛いくらいの静寂に包まれていた。

「ホッピーの勝利だいっ!!」

黒髪の少年が右腕を振り上げて勝利宣言をした途端、ようやく時間は動き出し、耳を聾するような大歓声が波のように建物の内外へと広がっていく。

誰もが人類の勝利に酔いしれている中、

「誰ですかっ！　あれはっ!?」

特殊部隊の隊長である髭面の男が、血相を変えて袴姿の男に詰め寄る。

「くふっ、それは私の方が知りたいことなんですがねぇ？　答えていただけますかぁ？」

袴の男は右手に持つ扇子の先を白洲警察署の署長及び警察官たちに向けると有無を言わさぬ口調で尋ねた。

「ホッピーですよ」

署長が仏頂面で返答する。

「ふざけないでいただきたいっ！　我々が聞いているのはそんな空想上のキャラクターではなく、あの仮面の人物についてですっ!!」

特殊部隊の隊長の剣幕に署長は眉をピクリと動かすが、

「彼はホッピー。我らはそれ以上知らない」

署長は意味ありげな視線を部下の刑事たちに向ける。

「俺も同じですね」

「俺もだ」

刑事たちの到底あり得ない返答に特殊部隊の隊長が口を開こうとするが、袴の男の右手により制される。

「くふふっ、彼は銃を所持していましたねぇ。明確な銃刀法違反ですし、君たちのやっていることは、立派な警察官職務執行法違反に該当しますけど、そこのところはどうなんですぅ？」

袴の男の問いかけに署長は口端を上げると眉の辺りに決意の色を浮かべつつ、

「見くびらないでいただきたい。私たちは警察官です。私たちが知らないと言ったのは、近隣のテーマパークに化物が出現するという緊急事態故に、今は理路整然とした信頼性ある発言ができないと考えたから。私の警察官としての誇りにかけて、本事件についてしっかり調査することをお約束いたします」

強い口調で言い放つ。

袴の男は署内をグルリと見渡し、避難したゲストたちから向けられる強烈な批難の視線に深いため息を吐く。

「どうやら我らはお呼びでないようだ。いいでしょう。どの道、この周辺の監視カメラの記録を調べればすぐにわかることですしねぇ。それで構いませんね、署長？」

「ええ、どうぞお好きなだけ」

袴の男は細い目で今も狐仮面の戦いぶりを放送しているテレビの映像に顔を向けると、

「世界は英雄（ヒーロー）を欲している……ですか」

そう呟（つぶや）き、しばし瞼（まぶた）を閉じて笑いをこらえていたが、扇子をパチンと閉じると、

「撤収（てっしゅう）しますよ！」

そう指示し、警察署から出ていく。

「あれで良かったんですか？　署長？」

刑事の一人が発した気遣（きづか）うような疑問の言葉に、

「仕方ないさ。ここでのあの一幕を忘れる。それが警察官として我らが恩人たる彼にできる精一杯の譲歩（じょうほ）だ」

署長は軽く頷く。

「立場上、銃刀法違反を見逃すわけにはいきませんしねぇ。まあ、あれが果たして銃と呼んでいいものならばですが」

「ああ、おそらく、あの銃はこの世界の変質と同じ理（ことわり）にあるんだろう。それでもルールはルール。この件が落ち着いたら、きっちり調査はするさ。ただ、今はそんなことより我らにはやることがある！」

「ええ、わかってますよ！」

いつの間にか集まっていた警察官たちが署長の前で隊列を組む。

「ファンタジアランド内で逃げ遅れた者の捜索と保護、避難した客たちの対応が最優先。手の空いたものから、ガイシャを瓦礫の中から救い出す！　我らは警察官だ。市民の希望だ！　その意地を見せろ!!」

「「「「はっ!!」」」」

一斉に敬礼して走り出していく警察署の職員たちの後ろ姿を眺めながら、

「この狂った世界が生んだ英雄。まさにその歴史的な瞬間を目にしたのかもな……」

署長はそう独り言ちたのだった。

――堺蔵市高級住宅街。

薄暗い室内でキーボードを凄まじい速度で操作している赤毛の少女は、ようやく手を止めると、すっかり冷めてしまった珈琲をすする。

画面の右上の隅には、黒髪の青年が少年からホッピーの仮面を受け取り、それを被る映像が映し出されていた。そして画面の中心には、リターンキーのマークがポツンと表示されている。

「うひっ！うひひっ！　行くぜ！　行くんだぜぇ！」

人気ゲーム【フォーゼ】の熱血主人公の決め台詞を口にしながら、キーボードのリターンキーを押すと、画面に凄まじい数の文字や数字が映し出される。

「ひひっ！　こ、これでホッピーの記録は全てドボン！　ドボンッ！　ドボォォォン!!」

そのフレーズが琴線に触れたのか、途中から同じ言葉を数回繰り返していたが、再度黙り込みモニターの前の椅子の上に便所座りすると画面を凝視する。

「ホッピー、これで貸し一つである」

今度は同ゲームの主人公のライバルの、リアル顔の真似をして人差し指を突き立てる。

この瞬間、全世界からホッピーに関する一切の情報は消失した。

第10章 Newly Written ― 各々の想い

「ただいま」

タクシーから降りて家に入ると母と妹が血相を変えて玄関口まで駆け寄ってくる。

あの魔物に襲われた日から、家族、特に母と妹は終始こんな調子だ。梓としても今回の飲み会は先輩が出ないのなら、出席するつもりはなかった。

二人からありがたい説教を受け、お風呂に入ってさっぱりした後、今自室のベッドの上で仰向けになっている。瞼を閉じるが、アルコールが入っていて身体は大層気怠いのに頭だけが妙に興奮してまったく寝つけない。その理由は考えるまでもない。

（ボクは、遠足が待ち遠しい小学生かっ!!）

そう自嘲気味のツッコミをしてみるが、まったく笑えないことに気づき、毛布を頭から被る。

人生初の異性とのデートを翌日に控え、寝られなくて目を腫らせて行くなんてどんな罰ゲームだろうか。是非とも最低限の睡眠時間は確保しなければならない。

瞼を固く閉じたまま、羊の数を数える。

丁度瞼の中で、５００匹目の羊が牧場の柵をジャンプしたとき、

「ダメだ。まったく眠れない！」

たまらず、梓は飛び起きていた。こうなってはどうやっても眠れない。

ベッドのヘッドボードに寄りかかりながら視界の隅に点滅する矢印をぼんやりと眺める。これはある日、突如人類の前に提示された種族選択の啓示。この種族の選択拒否は許されず、もし選択しなければ自動的に何かに決定されてしまう性質のもの。

慎重に矢印に触れるとテロップが出現する。

◆種族を決定します。以下の三つから選択してください。
・超一流の科学者（ランクＥ――人間種）
・エルダーエルフ（ランクＥ――人間種）
・ニンフ（ランクＤ――天種）

選択の余地などない。『超一流の科学者』を選ぶべきだ。依然として人間の範疇にとどまれるし、何より元々、梓は三度の飯よりも研究が大好きなのだ。己の研究に少しでもプラスになるような種族を選択すべきだ。

家族会議でも種族について散々話し合った結果、最も人間に近いものを選択することを既に

決定している。両親や妹には先だって、『超一流の科学者』の存在を伝えており、家族は梓がこの種族を既に選択しているものと思っている。当の梓もそうするつもりだった。でも、なぜか、選べなかったのだ。

気怠い体に鞭打ち、子供机の前にある椅子に腰を下ろす。この机は小学校の入学祝いに両親に買ってもらってからずっと使用しているもの。ある時を境に梓の身体の成長はピタリと止まってしまい、そのまま使用しているのだ。

机の上のPCを起動し、ネットで『ニンフ』の検索をする。

――ギリシャ神話に出てくる下級女神ないし妖精。若く美しい、あらゆる男性が望む官能的な女性の姿をとる。神々に愛され、時に人に恋をして惑わせる。

「若く美しい、あらゆる男性が望む官能的な女性の姿か……」

言葉を口にした途端、急に今までの己の一連の行為に対して強烈な羞恥心が湧き上がり、慌ててノートパソコンを閉じる。

「な、何やってるんだ、ボクは!?」

梓は今の今まで己の幼い容姿にコンプレックスなんて抱いたことはない。人の外見など十人十色。良い者もいれば、あまり一般受けのしない者もいる。きっと梓の容姿は後者なのだろう。そうずっと思ってきたし、それについて引け目など大して覚えてはいなかった。

だから、説明不能な己のこの合理性皆無の一連の行動に、強烈な戸惑いを覚えていたのだ。

「もう寝よう」

ベッドにダイブし毛布を再度頭から被り、目をつぶった。

けたたましく鳴る目覚まし時計により起きたのは、先輩との待ち合わせ時間のなんと1時間半前だった。移動に1時間はかかる。今から支度をしてギリギリの時間だ。半分泣きべそをかきながら、いつもの私服に着替える。

黒色のズボンを穿き、長袖の真っ白なシャツにネクタイを締め、その上にベストを着込む。そして帽子を被れば完成だ。立てかけた鏡の中の自分は、両親に連れられて冠婚葬祭に出席する少女にしか見えまい。誰も人生初めての異性とのデートだとは夢にも思わないだろう。

それでも、梓の小さな体格に合うような大人用の服などない。スーツや白衣同様、オーダーメイドで特別に作ってもらうしかないのだ。市販のもので梓の身体にピッタリ合う服は決まって、小学生高学年の子供が着るような幼いものばかり。そんな服装でデートに行くくらいなら着慣れた私服の方がよほどよい。

「梓、どこに行くの？」

階段を駆け下りると、キッチンから出てきた母が、焦燥に満ちた声色で聞いてくる。

「ちょっと気分転換してくるよ」

そう返答し、靴を履いて玄関口から勢いよく飛び出そうとしたとき、

「ちょっといいかな？」

雨宮家の表札の前で佇んでいた黒髪ツインテールの女性に声をかけられた。

（この子、確か営業部の？）

この女性には見覚えがある。確か秋人先輩の後輩の子だ。研究開発部の男性職員たちが噂していたから覚えている。阿良々木電子でもトップクラスで人気の女性だが、過去の騒動で上司たちに睨まれており声をかけづらいんだとか。

「研究開発部の人に住所を教えてもらったわ」

彼女は梓をその黒色の瞳で射抜いてくる。こんな状況は苦手——というより初めての経験であり、ゴクリと喉を鳴らす。

（あのひと、また勝手なことをして！）

研究開発部は基本、梓と同様に人見知りがほとんど。その中で営業部のしかも、今噂の新人女性と関わりがある人物など一人だけ。梓たち研究開発部の部長だろう。

「私は営業部の一ノ瀬雫。突然、押しかけてごめん」

「い、いや……」

しばし、一ノ瀬雫は梓の全身を凝視していたが、口元を緩ませると、

「男の子みたいで可愛いね」

今一番、梓が口にしてほしくない感想を述べる。

「大きなお世話さ。君は馬鹿にするためわざわざ、ボクの家まで来たのかいっ⁉」

そんな梓の憤怒の叫びが聞こえているのかいないのか、

「反則だなぁ、その可愛さ。狙ってやってないところが特に……」

肩を竦めて頭を左右に振る。

「君は――」

「私ってさ、ずっと女子高、女子大で社会に出るまで、男性経験はおろか男の人と深く関わったことすらなかったんだ」

梓の怒りの声を遮るかのように、一ノ瀬雫は身の上話をし始めた。

「なんの話を――」

「だから無防備だったんだと思う。上司に手を触られたり、肩に腕を回されたりすることも社会人としてのスキンシップだと思い込んでしまったの。結局、次第にエスカレートしてしまってさ、課長や女性の先輩に相談しても社会人なら我慢しろ、そんなことを言われるだけだった。あのとき、毎日が嫌で嫌でたまらなかった。遂に、我慢に限界がきて、もうこんな会社やめてやる、そう思ったとき先輩が助けてくれたんだ」

「先輩？」

「うん。アキト先輩に今月で会社を辞めると伝えたら、海外に単身赴任中の上司の奥さんに連絡を取って事情を説明してくれてね。奥さんが会社まで殴り込んできて上司は今までのことについて私に頭を下げて、もうしないと誓ってくれた」

丁度、昨日の飲み会でも噂に上っていたから概要は梓も知っている。

なんでも、営業部の彼女の同僚社員が、阿良々木電子の次期社長とも目される常務のセクハラについて、香港に単身赴任中だった常務の奥さんに相談。結果、その奥さんがわざわざ帰国し会社まで乗り込んできて、常務をフルボッコにして、その女性社員に無理やり頭を下げさせたとか。常務には他の女性社員も同様のセクハラ被害を受けており、皆ほっと胸を撫で下ろしたと言っていた。

「それから当然ながら上司に睨まれて何度も辞めようかと思ったけど、その度に先輩が助けてくれたの。まあ、最後なんて滅茶苦茶わかりにくかったけどね」

ペロっと舌を出す一ノ瀬雫に、

「そんな昔話をボクにする意味は？」

そんなわかり切ったことを彼女に尋ねていた。

「私はアキト先輩が好き。今回の件でようやくそれに気づいたんだ。だから、これは貴女への宣戦布告」

「……」

予想通りの彼女からの宣言に、梓はカラカラに渇いた喉を鳴らすだけで口を開くことすらできない。

「絶対に貴女には負けない！」

意を決したような面持ちでその言葉を叫ぶと、一ノ瀬雫は走り去ってしまう。

梓はしばし、玄関前で突っ立っていたが、ようやく足を駅前に向けて動かし始めた。

駅に着いたときも電車で揺られているときも、梓の頭の中はぐちゃぐちゃに混乱していた。

人付き合いが苦手で要領も悪い。しかも、同じ個人主義。ほんの数週間前まで梓にとってアキト先輩は、そんな風だからこそ素直に本心を話せる数少ない友達だった。

梓の意識が変わったのは、あのマンモスバーガーでの一件からだと思う。

あの日、同僚から誘われた夕食をいつものように断ってＧＡＯへと直行する。もちろん、予約していた【フォーゼ第八幕】の購入のためだ。

梓の趣味はゲーム。昔、米国で同じ日本人の友人に勧められ、このシリーズのゲームをプレイしてからその独特な世界観に魅了されて忽ち虜となる。それ以来、ゲームは梓の人生の重要な位置を占めるようになった。

例えば、今の会社を選択した理由も実家から近いことが最も大きな理由だ。もちろん、会社の近くにマンションを借りたいのは山々なのだが、梓の両親や妹は米国で梓がテロ事件に巻き込まれてから一人暮らしをすることに断固として反対している。可能な限り余暇を有効活用するためには、通勤時間の少ない今の会社が最適なのだ。まあ、本社からの誘いを拒絶している理由は他にもあるが。

そういうわけで、梓にとって【フォーゼ第八幕】の初回限定版の購入は是が非でも成し遂げたいイベントだった。

女子がゲームをやるのはあまり世間体が良くないし、普段のお堅い梓のキャラとは合致しない。だから、慎重に周囲を気にしながらカウンターまで伸びる列の最後尾に並ぶと、意外な人物が【フォーゼ第八幕】の初回限定版を買うのが見えた。

アキト先輩だ。同志を得た心地で嬉しくなり、購入してから急いで店を出ると、先輩が丁度正面にあるマンモスバーガーに入ろうとしているのが視界に入る。

妹にドン引きされてから、梓は【フォーゼ】を始めとするゲームの話題はあまり人前ではしないようにしていた。だから、共通の話題で盛り上がることに飢えていたんだと思う。

しかしある意味、梓にとって予想だにしない展開となる。

それは、先輩にいつものように幼女扱いされて、批難の言葉を口にしたことから始まった。

「お前が特別だからじゃね？」

その甘い言葉に梓は混乱した。今まで似たような台詞は、幼馴染みの香坂秀樹や、社交界のパーティーで言われたことがある。だが、秀樹は梓にとって歳の近い姉弟のようなもの。とても異性からの言葉とは思えなかったし、何より他の女性にも似たようなことを言っているのを幾度となく耳にしたことがあり、真実味など皆無だったのだ。両親に連れられた社交界の場での言葉など、それこそただの社交辞令であり、検討することすら馬鹿馬鹿しい。

他方、人付き合いが下手で、口下手で女性にお世辞など間違っても言えるような人じゃないアキト先輩からのこの『特別』という言葉は、梓の調子を完全に狂わせてしまう。

渇望していた【フォーゼ】の話題が頭から嘘のように消え失せて、よくわからない世間話を繰り広げていたとき、あの豚顔の怪物が現れたのだ。

まるでゲームの世界から抜け出してきたような怪物は、マンモスバーガーの店内にいた客をまるで草木でも摘み取るかのようにその命を奪っていく。小刻みに震える先輩の大きな背中に顔を押しつけて、梓はただ震えていた。

それからのことはよく覚えていない。先輩に抱きしめられたところまでは覚えているが、すぐに記憶は病院のベッドの上となる。

その後数日間、またあの豚顔の怪物が梓の前に現れるんじゃないかと、怖くてたまらなかったが、人間とは現金なものである。日常に戻るとあの絶望と恐怖は次第に薄れていき、代わりに先輩のことを考える頻度が増す。

メールを交換し、屋上で昼食や帰りに夕食を一緒にするようになり、ますます、梓の中で先輩の占める割合は大きくなった。多分、これはまだ恋には昇華していない、淡くて甘い憧れのようなものなんだと思う。それでも梓にとって初めての現実的な経験であり、真実でもあったのだ。

その儚い梓の憧れの現実は、彼女の出現でいとも簡単にガラガラと崩れ落ちてしまった。

大人でしかも美しい容姿、すらりと流麗な女性らしい曲線を描く肢体に、艶やかな黒髪。梓が持ってないものばかりだ。あんな大人の女性に、ライバル宣言されて勝てるはずなどない。

たとえ梓が先輩の立場でも彼女の方を選ぶだろう。

（あーあ、結局、またいつもの生活か……）

自虐気味に呟くが、凄まじい喪失感と、今まで幸せが手に入るかもと浮かれ切っていた己の滑稽さに涙が出てきた。

そんなとき、

「よう、待たせたな」

先輩が待ち合わせ場所に到着したんだ。


先輩とのアトラクション回りは、想像していたよりもずっと楽しく心が躍った。反面、どうしようもない虚しさも募る。だって、いくら楽しくても今日この日が終わればただの思い出となるだけだから。

（ダメだ！　顔に出すな！）

そう自身に言い聞かせながら、必死に笑顔を作り続けた。

昼になりレストランに入ると女性の店員が梓たちの席まで来て、

「本日は親子連れの方に限り、スペシャルメニューがありますが、いかがでしょうか？」

今一番言ってほしくない提案をしてくる。

「ボクは今年で24歳だっ!!　どうやったら彼とボクが親子に見えるっていうんだ？」

勢いよく椅子から立ち上がり、梓は激高していた。

びっくりした顔で梓を見下ろす女性の店員。他の客たちも何事かと梓たちを眺めている。

先輩が女性店員に注文したとき、ようやく頭に上った血が下がってきて、耐え難い羞恥心や情けなさで一杯になる。

やっぱり、傍からは、先輩と梓は仲の良い親子にしか見えないのだろう。どこの世界に、初めての異性とのデートで親子に間違われるものがいる？　こんなマイナスだけしかない容姿、本当に嫌になる……。

でも、もしかしたら、先輩はこんな容姿でも受け入れてくれるかもしれない。その奇跡にすがり、梓は尋ねた。そう、尋ねてしまったのだ。結果は――予想通りの答えだった。

土砂降りの雨に頭から打たれたような気持ちを何とか笑顔で誤魔化しつつ、当初から予定していたゴーストスクールを提案し、今、先輩と手を繋いで歩いているところだ。

梓はこの手の施設に耐性はあまりない。というより、大の苦手だ。妹とホラー系の映画を観て闇夜を一人で歩けなくなり、妹に送り迎えをしてもらったのは苦くも恥ずかしい思い出だ。

ただ、ネットにデートの締めには最適と書いてあったから、この場所は外せなかっただけ。

もっとも、ゴーストスクールの中は、猪男が爆走し、骸骨が踊りを踊っていたり、まったく怖くはなかった。少し安心しつつアキト先輩を見上げると、難しい顔で考え込んでいた。

そして梓の両肩を摑み、

「少し目をつぶってろ」

そう指示してくる。これはドラマでよく見るあのシーンだろうか。

発汗器官がぶっ壊れたように多量の汗が全身から流れ、心臓が痛いくらい自己主張してくる。顔ももはや熱したヤカンのように真っ赤に茹で上がってしまっていた。

そんな中、先輩に抱き上げられ、ますます舞い上がるが、その行為はあの日の悪夢が再来したがゆえであることを知る。

——耳を劈くような悲鳴や絶叫。

——助けを求める声。

——何かを咀嚼するかのような生理的嫌悪を掻き立てる音。

そこには全てが始まったあのマンモスバーガーの時以上に濃厚な絶望と死の匂いがあった。

先輩の指示通り、瞼を固く閉じて懸命にその身体にしがみついていると嫌な気配が消失し、喧騒が鼓膜を震わせる。

恐る恐る目を開けるとそこは警察署内であり、避難してきたと思しきファンタジアランドのゲストで溢れていた。

ビンビンに張られていた緊張の糸が切れ、梓の両眼から大粒の涙が零れる。情けないほど流れ出る涙を懸命に上着の袖で拭っていると、落ち着かせようとしたのだろう。先輩は梓を抱きしめるとその背中を優しく叩いてくる。

　これじゃあ、外見だけでなく中身も幼子だ。

（落ち着け！　落ち着くんだ！）

　自分に言い聞かせるも、涙は一向に止まる気配がない。そんな中――。

「お願いだよっ!!　お母さんとお姉ちゃんを助けて!!」

　悲痛な叫び声が部屋中に響き渡る。目をやると、7、8歳くらいの少年が制服姿の警察官の足にしがみつき、懸命に懇願していた。

「もうじきやっつけてくれるおじさんたちが到着するよ。だからもう少しの辛抱だ」

　無念の表情を全力で隠しながら、制服を着た警官が引き攣った笑顔を浮かべ、子供を宥めようとするが、

「僕、もういい子にしてるから、何でもするからさぁ!!　だから、助けてっ!!」

　両眼から涙を流し、しがみつく警官のズボンの裾を揺らす少年に、周囲の誰もが目をそらし、憐憫の表情を浮かべていた。

　情けなくなった。あの年端もいかない子は、きっと大人でも座り込んで泣き出したくなるような地獄を目の前で見ている。なのに、自分の恐怖すらそっちのけで、己の身内の救助を求め

ているのだ。一方、梓といえば先輩が守ってくれたおかげでほとんど全く凄惨な現場を見ていないのに、震えと涙が止まらない。

(ダメ！　ダメだ！　こんなんじゃっ!!)

自分を懸命に奮い立たせていると、先輩は突然声を張り上げ、梓の手を引いて部屋の隅まで引っ張って行く。

あの少年を励まさなければならない。たとえそれが余計なお世話だとしても、それは大人である梓たちの義務のはずだから。

「――」

顔を上げて先輩に声をかけようと口を開きかけるが、ぎょっとして目を見開く。

先輩は泣いていた。今も周囲の大人たちに懇願している少年に視線を固定し、涙を流していたのだ。

「先輩、大丈夫かい？」

この初めて目にした先輩の姿に、咄嗟に尋ねていた。

「もちろん。怪我一つねぇよ」

「ううん、違うよ。先輩、今、泣いているから」

首を左右に振り、その事実を指摘する。

「泣いている？」

先輩は頬を伝う涙に触れて、しばし驚いたような顔をしていたが、

「そうか……そうだったんだな」

納得したように軽く頷いて、少年の方へ歩いていく。

「先輩？」

このままでは先輩がどこか遠くに行ってしまう。そんな強烈な焦燥感に掻き立てられて、その意思を尋ねるも、

「雨宮、絶対にその場から動くな」

強い口調で制止される。そして、先輩は少年の前まで行くとしゃがみ込み、その両肩を掴む。

「坊主、母ちゃんと姉ちゃんを助けたいか？」

「うん」

「名前は？」

「優斗、烏丸優斗」

「優斗、その仮面をよこしな」

「うん……」

少年優斗から【フォーゼ】の主人公が被る狐の仮面を模した面を受け取って立ち上がり、それを被ると優斗の頭を乱暴に撫でる。

「これからホッピーがお前の母ちゃんと姉ちゃんを助け出す」

そう力強く宣言し、自身の右肩に視線を向けると、

「力を貸せ、クロノ」

そう叫ぶ。突如、先輩の右手に出現する白銀色の美しい銃。

誰もがそのあり得ぬ光景に目を見張る中、先輩はあの化物どもが跳梁跋扈する魔境へと走り出してしまった。


先輩が飛び出してからほどなく警察署内の大型テレビは、ファンタジアランド上空からの映像を映し出す。

「皆さん、ご覧ください！　ホッピーです！　ホッピーにより、ファンタジアランドに現れた化物どもが次々に駆除されていますっ!!」

幾度となく繰り返されるアナウンサーのボキャブラリーに乏しい台詞。その到底信じられぬ光景を前に、警察署内を支配していたのは歓喜や焦燥の声ではなく、奇妙なほどの静寂だった。

あの少年から黒髪の青年が仮面を受け取り被るシーンを現に目にしていた梓たち避難民からすれば、今も外で修羅のごとき戦いを繰り広げているホッピーは、ただの狐の仮面を被った男ではない。それは、幼い少年から想いを託され奮起するヒーローが活躍する物語。梓たちは、その一幕を眺めているかのような錯覚を覚えていたのだと思う。

次第に我に返った避難民や警察官からぽつぽつと声が漏れ始める。

そして続々と解放されていくゲストたち。

少年の母と姉も無事避難し、梓たちが安堵したとき、その場に渦巻いていたのは興奮と歓喜だった。

「頑張れぇ!! ホッピー!!」

そして少年の声援を契機に爆発的な熱狂が生まれたのだった。


先輩がファンタジアランドの怪物どもの指揮者を倒して、その姿を消失させたあと、黒髪の少年が発した勝利宣言により、建物を震わせるような大歓声が轟く。

――飛び上がって人類の勝利を喜ぶ少年。

――両手を握りしめ、歓喜に震える中年男性。

――抱き合いながらも安堵の声を上げる女子高生たち。

皆の顔にあるのはヒーロー――ホッピーの完全勝利への確信であり、賞賛。

姿を消したホッピーの安否を尋ねるものが一人もいないのは、多分、ヒーローは目的を果たせば姿を消すという、ある意味ステレオタイプな思い込みからだろうか。

皆が勝利に浮かれる中、梓は警察署をおぼつかない足取りで飛び出していた。

警察署を出ると路上は既に沢山の人で溢れかえり、勝利の雄叫びを上げている。

ファンタジアランドへ伸びる道路は一応、ロープにより封鎖されていたようだが、ホッピーの勝利に沸く群衆がそれらを引きちぎり、押し寄せていた。

その人の波をまるで逆行するかのように、梓は駅へ向かって歩いていく。

先輩は大丈夫だろうか？　電話をかけてみるが出ない。メールをしてみるが返信はない。安否を確認しようにも先輩の住所すらわからない。

（ボク、先輩のこと何も知らないんだ……）

人付き合いが苦手で、要領が悪い個人主義の先輩。それが梓の知るアキト先輩だ。それ故に梓は先輩に強く共感していたんだから。だけど、今日晒されたアキト先輩の姿は、梓にもまったく予想すらできぬものだった。即ち、ヒーロー。ここまで群衆を熱狂させるのだ。きっとそう呼ぶのが一番適切なのかもしれない。

（なんかいやだ）

もちろん、ファンタジアランドの人々が助かったのは純粋に嬉しい。でも、不安だった。

今回浮かび上がった先輩と梓との間に横たわる僅かな溝が深くも大きなものへと変わり、先輩が近い将来、梓のもとからいなくなってしまう。そんな予感がして、ただひたすら不安だったのだ。


どうやって家まで帰ったのかは碌に覚えちゃいない。ただ、ベッドに仰向けになったとき梓は一つの決心をしていた。

震える人差し指は、視界の隅のテロップへと伸びる。そして、梓はある選択をした。

急速に薄れる意識の中――。

《《カオス・ヴェルト》開始後、人類で初めて【天種】を獲得しました。雨宮梓のたどる系統樹がノーマルからレアへと移行いたします》

そんな不思議で、無機質な声が聞こえたような気がした。

消毒液の臭(にお)いが鼻を刺激する。病院の個室の真っ白なベッドの上に藤村朱里(ふじむらあかり)の親友――能見(のうみ)黒華(くろか)は眠っていた。

「朱里ちゃん、いつも来てくれてありがとね」

優しそうな恰幅(かっぷく)の良い中年の女性が、ひどく疲れた顔で朱里に頭を下げてくる。

彼女は黒華の実母であり、黒華が寝てしまってからずっと彼女に付き添っている。

そう。あの種族選定の日の早朝から黒華は一度も起きず眠り続けているのだ。

「いえ、私こそお邪魔して申し訳ありません。それで黒華の様子は？」

朱里も一礼すると、最も聞きたかったことを尋ねる。

「うん。すごく安定しているわ」

「そう……ですか」

闇夜に灯火を得た思いで、朱里は大きく息を吸い込む。

「ホント、黒華ちゃん、寝坊助さんなんだから」

黒華のお母さんは、愛しそうに黒華の頭を優しく撫でる。

医者の説明では、黒華が眠っている理由は医学的見地からは原因不明。ただ、生命活動に何ら異常はないからきっかけさえあれば、起きるだろうとのことだ。

眠りに入った正確な日は不明だが、おそらく種族選定の当日から。あの種族選定が深く関わっているのはほぼ確実だろう。

「じゃあ、私、1階の売店で果物でも買ってくるから、黒華をお願いね」

「はい」

黒華のお母さんの頼みに大きく頷き、近くの椅子に座って黒華の右手を握る。

「黒華、何やってるのよ。いい人見つけたんでしょ？　早く起きなきゃ、ね？」

もう何度目かになる言葉を投げかけるが、やはりピクリとも動く気配はない。

魔物の出現とあの種族選定を契機に、世界は明確に変わってしまった。

種族選定――人に様々な恩恵を与えた神の奇跡。

――研究に特化した恩恵。

――スポーツに特化した恩恵。

――経営や金融に特化した恩恵。

そして――戦闘に特化した恩恵。

あの日以来、暴動のニュースを頻繁に耳にする。そして先日のファンタジアランドでの魔物の大量発生だ。朱里たちの生きるこの世界は、どうしようもなく危険な世界へと変貌してしまっている。

(だからこそ私が守らなきゃ)

朱里にとって黒華は、妹のような存在だった。

無論、朱里の方が学年も歳も下だが、黒華は外見同様、中身もお子ちゃま。揶揄うと本当に可愛いんだ。彼女にとって黒華はあの醜悪な親兄弟たちよりもずっと大切な存在だった。

その唯一の例外が、藤村秋人、朱里の兄。兄さんは、外見で誤解されやすいが、とても優しく面倒見の良い人だ。何より幼い頃からずっと兄さんが朱里にとっての母であり父だった。あの人だけはいつも朱里の傍で笑っていてほしい。もう二度と、血みどろな世界を見てほしくはない。

だから朱里は戦闘に特化した種族を選択した。朱里の大切なものを守れるように。決して失わないように。

「私も頑張るから。黒華も早く起きてよ」

決意を込めてそう口にしてみたが、それがそう簡単に叶わないことを改めて実感し、胸の辺りがずきりと痛むのを感じ、顔を歪めたとき――。

「もうお腹いっぱい…の…や……」

今まで無表情だった黒華の可愛らしい顔がだらしなく緩み、そんな呑気な寝言を口にする。

「まったく、貴女ってひとは」

それがなぜかとても可笑しくて、嬉しくて朱里は黒華の頭を優しく撫でたのだった。

終章 Epilogue 第一層【草原】クエストのクリア

気がつくと自宅の玄関前の地面に横になっていた。

妹殿に見つかれば、「兄さんは、地面で寝る癖でもあるんですか？」とお小言を頂戴していたことだろう。だが都合よく本日は来ていない。

にしても、俺ってたしかファンタジアランドにいたんじゃなかったっけ？　どうにも頭が混乱しているぞ。あれは夢だったとか？　いや、なら今しているこの仮面と指輪をどう説明する？

顔から外してみると、少年から借りたホッピーの仮面。正確に言うと、いつの間にか造りが精巧なものになっている。縁日で売られているようなプラスチック製のちゃちなものから、実写版【フォーゼ】のホッピーがしている鉄の仮面へとクラスアップしている。

これって、あのクエストの報酬だよな？　一応、鑑定してみるか。

○黄泉の狐面：【フォーゼ】のヒーロー、ホッピーを象ったネクロマンシーの力を有する仮

面。

・降霊：不遇な運命を強いられた彷徨う霊を召喚し、無生物と知的生物以外の生物に降ろす。ただし、降ろせる生物は所持者と比較し相当のレベル差があるもののみに限られる。

・死霊支配：降霊した死霊は所持者の意思に従う。

・使用条件：使用中は再降霊できない。

・アイテムランク：伝説（5／7）

なんとも凶悪極まりない効果だ。仮面は後であの少年に返そうと思っていたが、これは無理だな。というかこんな反則的な効果を持つ仮面を持たせたら親御さんに恨まれそうだしよ。

次が右手の中指に嵌められている銀の無骨な指輪か。

○トランスファーリング：一度訪れたことのある場所同士を移動する能力を有する指輪。次の発動条件に従う。

・クエスト終了後に所持者の意識の消失が認められたとき、自宅へ自動帰還する。

・ダンジョン内で所持者が望んだとき。ただし未クリア領域では、セーフティエリア以外使えない。また、転移の回数は1日2回までに限られる。

・アイテムランク：レア（4／7）

トランスファーリングね。転移の指輪か。そのまんまだな。クエスト終了後に気絶していたら、ここに飛ばしてくれるのは実に嬉しい機能だ。ほら、俺ってよく気絶するし。

ともかくこれで確定だ。メガリッチとの戦闘は夢ではなく現実。勝利した後、気絶して運よくこの指輪でここまで戻ってこられたんだろうさ。あのままあの場所でぶっ倒れていたら、公然と銃をぶっ放していた俺は即豚箱行きだった。ひとまずは運が良かったと考えるべきか。

もっとも、俺の顔は警察署内で見られているし、時間の問題だろうけども。まあ、なるようになるだろうさ。

「おい、アキト、妾は腹が減ったぞ！」

見上げると、黒のワンピースを着た黒髪の少女が細い腰に両手を当てて俺を見下ろしていた。

「わかった。作るとしよう」

確かに腹は減っているし、ついでに馬鹿猫の餌を作るのもやぶさかでない。

「そうか、良い心がけじゃ」

ほっほっほっとどこかのご隠居様のような高笑いをする残念ビッチ猫に、

「いやいやもちろんだとも。ときにクロノさん」

心からの感謝の言葉を述べようと思う。

「なんじゃ？」

「眼福です」

うむ、何てベタな展開。ラッキースケベ万歳!!

「眼福？　なんのことじゃ？　…………っ!!」

両手を組んで祈る俺にビッチ猫はしばしキョトンとした顔で首を傾げていたが、その視線の先にようやく気づき、たちまち全身をリンゴのごとく紅潮させていく。

「だが、流石にクマさんパンツは――」

「きぇえええええええっ！」

珍妙な奇声を上げると自身のスカートを押さえて俺の顔面を何度も足蹴にしてきたのだった。

「いつまで怒ってんだよ。お茶目な冗談だろうが」

今もちゃっかりキッチンの椅子に座って左手にフォーク、右手にスプーンを握りそっぽ向いているクロノの前に、奴の餌を盛りつけた皿を置く。

「妾に話しかけるでない、野獣がっ!!」

おう。ケダモノ、いいねぇ。普段猫の姿で散々言われてる言葉も、黒髪美少女の姿で言われると――うーん、おじさん、興奮しちまうよ。なんてこと言っているとマジで御用になるから自重するとしよう。

「お前猫なのに人間様の料理食うのな」

ぼんやりとどうでもいい感想を述べる。

「妾は猫ではなく女神じゃっ!!」

「はいはい、そういう設定なんでちゅよね？　おじちゃんわかってまちゅよぉ」

クロノの頭をグリグリと乱暴に撫でつつ、うんうんと涙目で何度も頷く。

「その可哀そうな子みたいなリアクション、止めよといつも言うておろうがっ!!」

いつものようにすぐに俺の手を払いのけるのかと思ったが、意外にも頭をナデナデさせたまま不機嫌そうに、器にたっぷりと盛られたスープをスプーンで掬うとその小さな口に持っていく。

「どうだ、美味いか？」

俺もクロノの頭から手を離して正面の席に座ると、つんと取り澄ますような表情で食べている黒髪の少女に尋ねる。

「……」

答えずプイッとそっぽを向いて黙々と食べているクロノに苦笑しつつテレビを点けると、俺も食べ始めたのだった。

ガチで全国指名手配中かと思ったんだが、テレビでもネットでもそのような情報は一切得られなかった。どうも突然、狐仮面を被った俺の戦闘映像が軒並み消失してしまったらしく、ネ

ットではある種の祭りと化していた。

ホッピーの正体については、米国超人部隊員説に始まり、宇宙人説、地底人説など様々なオカルトチックな憶測がまことしやかに囁かれている。おかげで簡単に収拾がつくような状況ではない。というか、若干、飽きられて収束に向かっているようだ。俺としては願ったりかなったりだが、警察署では俺の姿を見られているし、俺に辿りつくのは時間の問題だと思われるがね。とりあえず、警察が押しかけてくるまでは、今まで通りの生活を続けるしかあるまい。

そんなわけで、本日の楽しい楽しいダンジョン探索の時間だ。楽しいってのはもちろん最大級の皮肉だぜ。

ともあれ、出発前に一応自分を鑑定してみたら、【新米ヒーロー】の称号が増えていた。これには、各スキル使用時のMP使用量がほんの僅かだけ低下する効果があるようだ。

おそらく【デッド オア アライブ】のクエストクリアで獲得したんだろう。スキル使用時にMP消費量を抑えられるのは、地味に役立つ称号だよな。さて、鑑定も済んだことだし、出発することにしよう。

ここ数日、同じ草原の風景ばかりで飽きたなと思っていたら、日曜日の午後11時30分になってようやく遠方にサークル状の石壁が見えた。

『あれに入るのか？　妾、いやな予感しかしないんじゃが……』

同感だな。この流れからいってまたおふざけのような死地が待っているんだろう。しかし、あのメガリッチとの戦闘もギリギリだった。このままいつものように臆病風に吹かれていては今度こそあっさり命を落とす。今は進むしか道はないんだ。

「行くぞ」

『うへー』

クロノの進言に耳を貸さず、俺は石壁にぽっかり空いた入り口から中へ入って行く。

石壁の内部には井戸や、吊るされた生き物の死体、そして三つの建築物があった。

一つ目は藁でできた小さな家、二つ目が細い木の枝でできた屋敷、そして三つ目は、石壁の中心に城のごとく聳え立つ煉瓦造りの家。

三つの家が光り輝くと、

《挑戦者、藤村秋人と確認。第一層攻略クエスト――【三匹の豚王子のプロポーズ】が開始されます》

いつもの無機質な女の声が響き渡る。

◆【草原エリア】クエスト：三匹の豚王子のプロポーズ

三匹のオークの王子はクロノ姫に一目惚れ。我先にと邪悪な狼から姫を奪還し妃にしようと争い合う。果たして王子たち三匹は凶悪な狼からクソビッチ姫を奪還し、その貪欲な劣情をぶつけられるのか？

本来は三匹の子豚のネタだったんだろうが、クロノがいることで内容が変更され、クロノ姫恋バナネタとなる。この執拗なクロノに対する真実の指摘。このダンジョン作成者、クロノに強い恨みでもあるんだろうか。

『……』

「だそうだ。よかったな。王子が助けてくれるってよ」

俺の右肩でテロップを凝視し小刻みに全身を震わせているクロノに半眼を向けつつ、祝福の言葉を贈る。

『こぉのぉ――不埒ものがぁぁっ!!』

クロノは俺の優しい労りの言葉に、強烈な猫パンチを食らわせてきた。

「モテモテでいいじゃねぇか」

『豚にモテてどうするっ！』

「猫も豚も大して違わねぇだろ？」

『全然違うわっ！　それに妾は猫ではなく女神じゃと何度言ったら――』

「はいはい、わかったよ。発情猫様。それはそうと、相手は一応王子様らしいぞ。よかったんじゃね？　玉の輿だぜ？」

ドヤ顔で親指を立てるも、

『いいわけあるかっ!!』

クロノが再度猫パンチを俺の頬にぶちかました上で、フーと全力で威嚇してきた。

全身の黒毛が怒髪天を衝くがごとく逆立っている。これ本気で怒っているぞ。まあ、どうせ餌を食わせりゃすぐに機嫌は改善するだろうし、どうでもいいな。

「さて、奴さんたち出てくるようだぞ?」

藁ぶきの家からは腰蓑一つのオークが、枝の家からは中世の私服を着たオークが、最後の煉瓦の家からは、おとぎ話に出てくる中世の馬鹿王子のような服装をしたオークが姿を現す。全員が王冠のようなものを被っていることからも、一応あれで王子様とか言っちゃったりするんだろうか。

『BUMOOOOOLOLOッ!!』

三匹のオークは天へと咆哮し、俺たちの不毛極まりない戦いは半強制的に開始される。

アイテムボックスから斧を取り出して左手に持つ。そして、一般私服を着たオークに向けて地面を蹴りながらも、クロノの弾丸を腰蓑一丁のオークの頭部目がけて連続射出する。銀の弾丸は次々に腰蓑一丁のオークの頭部に命中し、粉々の肉片となって飛び散った。

次いで私服のオークの懐に飛び込んだ俺は、振りかぶっていた斧を力任せに振り抜く。

【業物を持ちしもの】の称号をもってしてもここまでボロボロに刃こぼれした斧では切れ味の向上は望めないようだが、強度の補強はされているらしく、斧により私服オークの身体はくの字に折れ曲がり吹き飛び、壁へ激突して細かな粒子となってしまう。

楽勝だな。問題は唯一鑑定ができなかったあの赤いマントの王子オークなわけだが。

今更逃げることもできそうにない。やるしかないな。

俺は腹の下に力を入れて、地面を疾駆した。

死ぬ。普通に死ぬぞ。マジ、あの豚王子強すぎだろう。目から怪光線出すわ、口から火を吐くわ、とどめに非常識な回復能力もありやがる。

もはやオークとは言えないんじゃね？　そんなことを思いながらも、奴に接近すべく地面を蹴る。そして疾走しながら、丁度火を吐くべく大口を開けて力を溜めている豚王子の口めがけて銃弾を数発お見舞いしてやる。

案の定、豚王子の顎は粉々に破壊され、その痛み故か苦悶の表情を浮かべて絶叫をあげる。

そんな中、今にも破壊光線を出そうとしている両眼を、右手に持つクロノの銃により至近距離から発砲して潰す。同時に左手の斧を投げ捨ててナイフを取り出すと、それで奴の腹部を思いっきり引き裂く。【業物を持ちしもの】の称号により、まるでケーキのように綺麗に切り裂かれるオークの腹部。そのぱっくり避けた腹部の裂け目の中にクロノごと右手を突っ込み、銃弾を放ちつつも【怪魚の湖】でしこたま溜めた水を一気に放出する。豚王子は風船のように膨らみパチュンと破裂してしまった。

『豚、臭いのじゃ』

オークの血を頭から浴びたクロノの批難の声には応えず、俺は床に腰を下ろす。

《LvUP。藤村秋人はレベル13になりました。負った傷は完全回復します。

スキル――【チキンショット】はLv6になりました。

スキル――【千里眼】はLv6になりました》

《【無限廻廊】第一層クエスト【三匹の豚王子のプロポーズ】クリア！

クロノの第二段階封呪が30％解放されます。

【無限廻廊】第一層【草原】クエストのクリアにより、第二層――【ガラパゴス】が解放されます》

下層への階段を見つけるも、クロノが風呂に入りたいと強く主張するので、部屋の中心にある転移装置から地下1階へと戻り自宅へ直行。

第二層への道の開拓という目的は果たしたし、丸一日歩き詰めで確かに少々疲れた。今日の探索は終了としよう。

【社畜の鏡】の称号の効果で、眠らなくても大丈夫な体になったが、まったく睡眠をとらないのもぞっとする。それに【フォーゼ第八幕】を買ったはいいが、まったく手を付けていない。こんなの俺の人生中、初めての経験だな。そろそろ、ゲーム切れの禁断症状が出てきてもおかしくはない。今日こそはある程度進めてから寝ることにするぞ。そう俺は決意しつつ自室へ直行したのだった。

次の日の朝、いつものように自分の朝食とクロノの餌を作って席に着き、テレビを点ける。
昨日が種族選択の最終日。今日はその話題でもちきりかと思っていたのだが、
『ダンジョンです！　世界各地でダンジョンが出現しました!!』
それはアナウンサーの声によりあっさり否定されたのだった。

「種族の決定に、クエストとかいうあのふざけたシステム、その次は、ダンジョンの出現かっ!!　どこまでも馬鹿にしてくれるっ！」

坊主頭の巨漢が、吐き捨てると同時に資料を床に叩きつける。その顔には濃厚な憤激の色が漲っていた。

「くふふ、出現してしまったものは仕方ないですねぇ。それに今のこの変質してしまった世界

で上手く立ち回った国が次の世界の覇権を担う。それは誰よりも貴方が理解しておいでては？」

　眼が線のように細い袴の男——右近のこの言葉に、

「ああ、だからこそこの組織の立ち上げに尽力しているのだ！　でなければ、誰が好き好んでこんな胃が痛くなるような組織のトップに就きたがるかっ!!」

　坊主頭の男はそう言葉を叩きつける。

「ですよねぇ、一つやり方を誤れば現在暗躍しているあの国の本気の怒りを買いますし。下手をすればこれですしねぇ」

　袴の男——右近はさも可笑しそうに親指で自身の首を切る仕草をする。

　同席しているスタッフがゴクッと喉を鳴らした。

「それをわかっているなら、なぜもっと上手く動けなかった!?」

　蟀谷に太い青筋を浮かべて激高する坊主頭の男に右近は、肩を竦める。

「いやですねぇ。あれでも駄々をこねるお偉いさん方を説得して直行したんですよぉ」

「その件ではない！　あの狐仮面の件だっ!!」

「ああ、ホッピーの件ですか。戦闘シーンを含めたホッピーの映像記録が全て忽然と消失してしまいました。当時、白洲警察署内にいたファンタジアランドのゲストたちも警察官たちも誰もが口を堅く閉ざす。しかも、政治屋の皆さまからの調査の打ち切りの指示。これって私のせいです？」

「誤魔化すな！　あの事件直後からお前が直々にゲストを尋問していれば、少なくとも姿格好くらいは把握できたはずだぞ！　少なくとも普段のお前ならそうしていた！　違うか!?」

「うーん、痛いところを突きますねぇ。ですが、今回はあれがベストですよぉ」

「なぜそう言い切れる？」

「もし、あのとき尋問を強行すれば、私たちはホッピーの敵になる可能性があった。それでもよかったので？」

「……」

いいはずがない。出現したダンジョンの探索には有能な探索チームが不可欠。ホッピーは、喉から手が出るほど欲しい極めて有能な人材。自衛隊から報告が上がってきたトランクスマンという謎の人物の調査もお手上げ状態。今や、ホッピーはこの国にとって最重要人物といっても過言ではない。そう。彼が他の組織に取られるのだけは避けねばならないのだ。

だから、坊主頭の男は、無言でギリッと奥歯を砕けんばかりに噛みしめる。

「真城局長、右近室長、ホッピーの件はひとまず置いておいて、今はわが国に出現したダンジョンについて話し合うべきでは？」

脇の黒髪短髪の青年の提案に、まるでヒートアップした頭を鎮めるかのように、坊主頭の男、真城はしばし目を固く瞑っていたが、

「そうだな、では猪狩、報告を頼む」

すぐに黒色短髪の青年、猪狩に報告を促す。

「我が国に出現したダンジョンは東京新塾区歌舞伎町。もう一つが京都二条城前です。現在調査隊を編成中ですが……」

言葉に詰まる猪狩に、

「あの国がちょっかいを出してきた。そういうわけですねぇ？」

右近がさも可笑しそうに確認した。

「はい。米国もジェームズ大統領自らホットラインで維駿河総理に我が国に出現した二つのダンジョンにつき共同調査を申し出てきています」

「米国には既に三つのダンジョンが出現中のはず。自国のダンジョンとの違いを探るためか？」

「でしょうねぇ。加えて共同研究を名目にその管理権を可能な限り及ぼそうとしているのかもしれませんねぇ。もしダンジョンが魔物の巣窟ならそれだけで我らが現在抱えているエネルギー問題は一挙に解決してしまいますし」

「政府はもちろん、拒絶するつもりなんだろうな!?」

「全面的に日本政府は受け入れる方針のようですよぉ」

「あの昼行燈どもめっ！　今がどういう状況かわかっているのか!?」

「さあ？　ですが各国が必死に鎬を削っている真っ最中に、我が国の政治の中枢で働く方々は、自らの保身で頭が一杯一杯のようですねぇ。その保身のお陰で此度、我らは新組織を立ち上げることができるわけですのでぇ、あながち責められやしないわけですがぁ」

怒り故か真城は顎を上げて天井を眺めていたが、大きく息を吐き出し、右近に視線を向ける。

「組織の人員の確保は？」

「ええ、六壬神課は此度、その教育機関とともに日本国へと編入されました。まだこちらは完全掌握に至っておりませんが、一般の募集も広く開始しておりますし、直に十分な人材が集まることでしょう」

「六壬神課……お前と同じ陰陽師とかいう怪しげな集団か」

「怪しげとは随分な言い草ですねぇ」

「事実だろ？　あんな式鬼とかいう怪物を呼び寄せるくらいだしな」

「あのですねぇ、今更というか、こんな理が裏返った世界では、私たちが使う力などそれこそ特別なものではなくなってますよぉ」

「自分も右近室長に賛成ですね。何せゴブリンにオーク、しかも前回などアンデッドですし、今更、陰陽師ですぅって言われても、あっそっスかって感じなわけで」

猪狩も両手の掌を上にして首を竦めてみせる。

「順応しすぎだぞ。お前、一応儂と同じ自衛官だろ？」

「元ですよ、元。自分はさっさと辞めて実家の農園を継ごうと思ってたのに、えらい迷惑です」

「そう言うな。儂も似たようなものだ。ようやく娘の更生に集中できると思っていたところだったのだ」

「ああ、引き籠もりの娘さんの――」

「では、スカウトの方はこちらで進めさせていただきます」

若干脱線しかかっていた話を右近が強引に戻す。

「ああ、頼む」

右近の言葉に真城も大きく頷き、新組織の準備は着々と進められていく。

書き下ろし Newly Written

聖華女子高校旧校舎学生失踪事件

会社帰りに大型デパートの【山英道】の本屋で今日発売の【フォーゼ】のコミックスの最新刊を購入した後、腹を満たすため隣の豚カツ専門店――カツ吉に入る。最近ここのロースカツ定食に激ハマりなのだ。早速買った漫画でも読みながら食べるとしよう。

『妾の分もじゃ！　約束じゃぞ！』

（わかった、わかった。持ち帰りで注文してやるよ）

馬鹿猫の今日何度目かになる催促に頷きつつ、店員に案内されて席に着くと隣の窓際の席に座っていた女と視線がぶつかる。

「あー、藤村秋人ッ!!」

肩まで伸ばした黒髪をぱっつん刈りにした女が勢いよく席から立ち上がると不躾にも俺を指さして声を張り上げた。

「げッ！　夏答院弥生！」

この女は俺の高校の同級生。女帝とも称された完全無欠の生徒会長、東胡蝶の腰巾着の一人だ。当時俺は生徒会とはそりが合わなかった。当然のごとく生徒会書記であったこの女との相性は最悪であり、いがみ合った記憶しかない。

「相変わらず不愉快極まりない男ね」

吐き捨てるようにぼやく弥生に、隣の女子高生と思しき少女がペコリと頭を下げてくる。あの左胸のポケットにある花の校章、どこかで見たことあるんだよな。ま、覚えてないってことは大したことではないのだろうよ。

「うむ、それはお互い様だな。ところで、いわゆる援助交際というやつか？　いい歳してバレれば捕まるぞ？」

「え……？」

頬を引き攣らせながら、弥生から距離をとる赤色の髪の女子高生。

「違うわっ！　私は教師、この子の担任よっ！　第一、どうやったら女の私が彼女と食事して援助交際になり得るのよっ!?」

弥生の奴、教師になったのか。昔から後輩には面倒見が良い方だったし別に驚きはしないが。

「冗談だ。そうカリカリするなよ。血圧が上がって体に悪いぞ」

親切にも奴の体調を気遣う俺。かつてなら考えられぬ程の善行。うーん、俺も丸くなったものだ。とはいえ、もう用は微塵もないな。今晩の夕食を選ぶとしよう。

「この――いや、駄目よ。こいつのペースに乗せられては駄目！　隣にブンブン五月蝿い銀蝿がいると思えばいいのよ。そう、無視よ、無視！」

親指をガジガジと噛みながら、ブツブツと怨嗟の声を垂れ流す弥生。いや、食事中傍に銀蠅がいれば、相当気になると思うぞ。

さて、俺の貴重な時間をこれ以上この女に費やすわけにはいかない。俺は注文を取るべくチャイムを鳴らす。丁度そのとき、カツ吉の窓の外から銃声と悲鳴が響き渡る。

音源に顔を向けると大通りを挟んだ向かい側の貴金属店の店内でブルドッグ、シェパード、熊の獣顔の男たちがガラスケースを壊してバッグの中に貴金属を詰めているのが視界に入る。

いわゆる宝石強盗ってやつか。こんな最も人通りが多い通勤時間帯に決行するとは随分と余裕なことだ。まあ、無理もないか。奴らの外見はまさに二足歩行の獣。連日地上波やネットで垂れ流されている情報によれば、一部の例外を除き、獣人は獣に近い外見のものほど肉体的強度が向上する。特に熊の獣人はそれなりに強力だ。あれは巷で有名な警視庁の虎の子の特殊部隊でもなければ止められないだろう。

『なんだ、戦わんのか？』

クロノが俺の隣の席で外を眺めながら、言うまでもないことを尋ねてくる。

(当たり前だ。なぜ俺がそんな悪目立ちすることをせにゃならん)

クロノに視線を落として、そう断言する。そうだ。俺はヒーローごっこをするつもりは微塵もない。仮に特殊部隊が間に合わなかったとしても、宝石店から宝石が盗まれるだけ。こんなときのために、宝石店も保険くらいかけているだろうし、実質的に損をするのは保険会社くらいだろう。それに俺はファンタジアランドの件でこの国の警察組織に睨まれている。下手に目立ってとっ捕まるのだけは御免被る。

『ふむ、あれを見てもかの？』

（あれ？）

　宝石強盗どもに顔を向けると、気絶した若い女性を小脇に抱えるブルドッグ顔の男と、その男の足を泣きながら叩く子供の姿が目に留まる。

「ママを放せ!!　放せ!!」

　泣きながら我武者羅に向かっていく子供をブルドッグ顔の男は不快そうに眉を顰めて、

「五月蠅え!!」

　爪先で蹴り上げる。男の子はゴロゴロと路上を転がり、自動販売機にぶつかる。

「クソが……」

　憤怒に殺気がこもり、そう声を絞り出していた。男の子は額から血を流しつつも、

「ママを放せぇ！」

　ヨロメキながら起き上がり、力強く叫ぶ。

（あの坊主、強いな……俺なんかよりずっと……）

　話が大分変わった。この光景を放っておけるほど俺は我慢強くない。チラリと弥生たち店の

客の視線が外に向いているのを確認し、俺は店の外に向けて走り出していた。

カツ吉の玄関口を飛び出して路地裏へ行く。そしてアイテムボックスから狐の仮面を取り出して装着し、奴らに向かって疾走する。

「そんな餓鬼、放っとけ！　例の部隊が来るまでにずらかるぞ！」

ボスらしき熊顔の男の指示に、ブルドッグ顔の男は舌打ちすると男の子に背を向けて路上に止めてあった黒塗りのバンに乗り込もうとするが、その後頭部に当たる空き缶。

「野郎ぉ……殺す。この女持ってろ！」

シェパード顔の男に女を放り投げるとボキボキと手の指を鳴らしながら、ブルドッグ顔の男は空き缶を投げた子供に近づいていく。

「お前らなんか、お前らなんか、ホッピーが――ホッピーが絶対やっつけてくれるんだっ!!」

泣きながら果敢にも叫ぶ子供に、

「ホッピー？　なら連れて来てみろよぉ？　なあ、今すぐよぉ！」

ブルドッグ顔の男は薄ら笑いを浮かべて右拳を放つ。俺はその鈍重な右拳を左手で軽々と受け止めた。

「ああ、ホッピーが来たさ」

「んなっ!?」

驚愕に目を見開くブルドッグ顔の男の頭部を左手で鷲掴みにすると、力を入れ始める。

「ぐぎっがががっ!!」

壊れたラジオのように呻き声をあげるブルドッグ顔の男を無視し、振り返って少年の小さな頭を右手でそっと撫でると、

「いいガッツだ。坊主」

心から賞賛の言葉を贈る。

「ホッピー……」

少年は安堵したのか気を失って歩道に倒れ込む。すぐに白目を剥いて泡を吹いているブルドッグ顔の男を放り投げ、少年を抱きかかえると見物していたスーツ姿の年配の男性まで近づき、

「この子をすぐに病院に連れて行ってくれ」

少年を預け、そう依頼する。年配の男性は無言で頷くと群衆をかき分け走り出していく。

よし、あとは気を失った母親の保護とアイツらの処理だけだ。奴らに向き直ると、

「お前、あのファンタジアランドのホッピーか?」

熊顔の男が片眼を細めて俺を凝視しながら、一目瞭然なことを尋ねてくる。

「ああ、さっきそう言ったな」

「テレビで観たぜぇ。雑魚の魔物を倒して随分いい気になっているようだな。だが、俺たち超人種と違い、お前はただの人間。つまり雑魚だ!」

超人種？　ああ、獣の外見の獣人の別称ね。もちろん、ネットで呼称されているだけで、運営側が認めた言葉ではない。

「だとしたら？」

「お前は俺には勝てねぇ。そういうことさぁ！」

熊顔の男は前かがみになって力み始めた。元々筋肉質だったその肉体は一回り大きくなり、より毛深くなって忽ちヒグマに近い様相となる。そして、熊顔の男が近くの街路樹を殴りつけると、根元から引き裂かれ地響きを上げて路上に倒れる。

あれが奴の種族特性なのだろう。なかなかの力ではある。あくまで一般人レベルと比べるならばの話だが。

「どうだぁ！　これが俺の力だぁッ!!　恐ろしくてションベンでもチビッっちまったかぁっ!?」

得々と悦に入って喚くヒグマ男に俺は大きなため息を吐くとアスファルトを蹴って、奴らが乗り込もうとしていたバンのもとに行き、その天井を無造作に握って持ち上げていく。

「ば、馬鹿な……」

目を大きく見開き驚愕の言葉を絞り出す熊男を尻目に、俺はそのバンを軽々と肩に担ぐ。

「バ、バ、バケモン――」

絶叫しかける熊顔の男の鼻先に、俺はバンを叩きつけた。

バンがアスファルトの路面に激突することによって生じた衝撃波で、熊顔の男はグルグルと何度も回転し電信柱に背中から衝突し、ようやく止まる。

ヒグマ男は首を左右に振って立ち上がろうと顎を上げるが、眼前に佇む俺の姿に硬直化。

真っ青な、血の気の引いた顔で、口をパクパクさせている奴の髪を俺は鷲摑みにし、

「お前らはやり過ぎた。せいぜい、刑務所でそのクソッタレな根性、叩き直してもらえ」

そう言って、地面にその顔を叩きつけ意識を刈り取る。

そうして俺が振り返ると、男の子の母親を担ぐシェパード顔の男の顔が引き攣り、

「く、来るなっ！　来たらこの女が――」

金切り声を上げて右手に持つナイフを母親の喉に突きつける。

緊急事態のためポケットに入れておいたコインに【チキンショット】の能力を付加して親指で弾くと、それらはまるで誘導弾のような不自然な軌道を描き、奴の脳天に衝突。さらに地面を蹴って間合いを詰めていた俺の右拳が奴の顔面に炸裂し、奴は数メートル後方へ吹き飛ぶ。

耳が痛いくらいの静寂の中、地面に崩れ落ちる母親を抱きかかえて歩道にそっと置くと建物の上に跳躍する。突如、今まで無音だった路上に大歓声が巻き起こった。

さて用は終わった。今更戻っても弥生に痛くもない腹を探られるだけ。そもそもカツ吉で俺はまだ注文さえしていない。このままバックレても無銭飲食にはならないだろう。

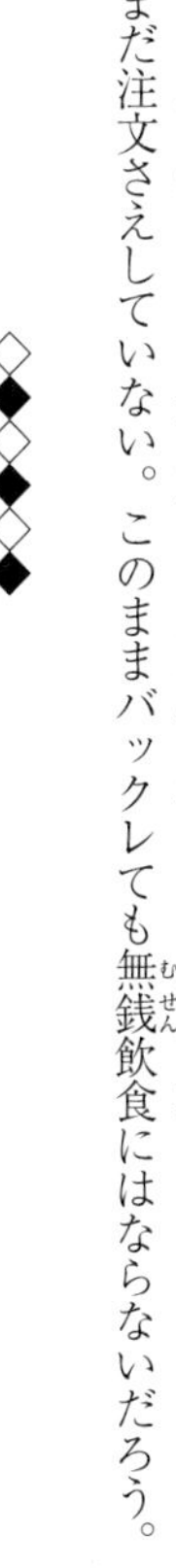

「ホッピーよ！　ホッピー！　生で初めて見たっ！」

「俺も！　獣化した獣人ってメッチャ強いんだろ？　それを一撃ってマジですごすぎだろっ！」

完全に意識を喪失した獣人たちが警察に拘束されていなくなり、興奮気味に話し合う群衆の中、夏答院弥生は、店を飛び出して行った藤村秋人の過去の姿を追っていた。

弥生の能力は過去の念写。弥生が一定時間前を念じて撮った写真には、過去の光景が写し出される。これは弥生の種族、【探偵】の能力だ。あの種族選定の日、弥生が仕事疲れによる泥のような眠りから覚めたとき、例の不思議なテロップが眼前にあった。寝ぼけていた弥生が無心で選択した種族がこの探偵だったわけ。

路地裏で狐の面を装着する凶悪顔の男の姿が写った写真を片手に、弥生はほくそ笑む。

これで証明は完了だ。ホッピーは藤村秋人。それが確定した。別に今更驚きはない。というか、あの状況ならホッピーは奴しかあり得ないとは思っていた。

相当焦っていたのだろう。黒髪に凶悪顔の男が、人間離れした凄まじい速度でカツ吉の玄関口を駆け抜けるところを偶然、女性店員が見ていた。ちなみに、女性店員に尋ねても素直に答えなかったので、弥生の探偵のスキル『事情聴取』により強制的に発言させた。あの状況では数人は奴の姿を目撃していることだろう。

おまけに奴はご丁寧にも座席に社員証の入ったカード入れを落としてしまっている。これではまさに頭隠して尻隠さずだ。昔から抜けている奴だったが、今も大して変わらないようだ。

「先生、あの人がホッピーなんですか？」

弥生のクラスの生徒、ボブカットの少女、木下小町が躊躇いがちに尋ねてくる。元々偶然、彼女が店内を爆走する奴の後ろ姿を見ていたから、奴がホッピーだと推測できたのだ。

「十中八九ね」

あの根暗な捻くれ男がヒーロー活動など未だに信じられないから、手元に確定的な証拠があってもこのようなぼやけた言い方になってしまう。

「頼みましょう！　ホッピーならナナミンたちを助け出してくれるはずです！」

「そうね」

悔しいが、弥生たちだけではどう考えても荷が重い事件だ。警察が当てにならない以上、奴を巻き込むしかない。問題はあの捻くれ男が果たして素直に事件解決の協力を了承するかだ。

（なんとかするしかない）

弥生は事件が起きる前から、小町たちが旧校舎の探検を計画していることを知っていた。もちろん、顧問として注意はしていたが内心、高校最後のイベントとしてそういった冒険をしてみるのも悪いことではないと考えてしまっていたのだ。だからこの件は、弥生にも大きな責任がある。どんな手を使っても生徒たちを助け出してみせる。その強い決意を胸に、弥生はカッ吉の店内に戻ったのだった。

帰宅後、カツ吉から電話がきた。どうやら後ろポケットに入れておいたカード入れを落としてしまっていたようだ。明日必ず、取りに行くと伝える。一応、挨拶(あいさつ)もせずに店を出てしまったことを店員に謝罪したが、なぜか気味が悪いほど好意的な応対を受ける。

次の日の会社終了後、カツ吉でたらふく美味(うま)い豚カツを食べる。特に今日は豚カツがいつもより三切れも多かった。多分、何かの記念サービスだろうが、今日はマジでついている。ご機嫌に俺の愛車の停(と)めてある駐車場へ向かうが、その心地よい気分は一瞬でぶち壊された。

「話があるんだけどいいかしら?」

俺の愛車の前には、小柄なぱっつん刈りの女が、両手を腰に当てて仁王立(におうだ)ちしていた。弥生の背後には昨晩の女子高生もいる。

経験則上、弥生と話し合って生産的な議論ができたためしがないし、何より面倒な臭(にお)いがプンプンする。ここはずらかるに限る。

「断固断る」

構わずその脇(わき)を通り過ぎようとするが、奴は俺の前に回り込んでくると、

「へーいいのかしらぁ、私をそんなに邪険に扱って?」

顔に薄気味の悪い笑みを張りつかせながら、そんな不吉極まりない戯言を口にする。

「ほー、お前は俺に丁重な扱いをされたいのか？」

「いや、それは嫌かも……蕁麻疹がでそうだし」

実際に首元を掻いているところからしてガチだろう。相変わらず失礼な奴だ。

「じゃあ、そういうことで」

弥生の小さい身体を押しのけて愛車の運転席のドアノブに手をかけると、

「昨日の件、全部、公表するわよ。それでもいいのかしらぁ？」

奴は歌うような勝ち誇った声色で俺に問いかけてくる。強烈な悪寒を感じながらも、

「昨日のこと？」

オウム返しに聞き返しはしたが、話の流れから言ってまず昨晩の宝石強盗どもの件だ。

「というか、あんた昔から詰めが致命的に甘いのよ。店をあんな速度で爆走していけば、あんたがホッピーだって教えてるようなもんじゃない。しかも身分証明書を落とすってどんだけよ」

『本当にのぉ』

肩を竦めて首を左右に振る弥生に両腕を組んで相槌を打つクロノ。

もしかして、カツ吉の店員がやけに好意的だったのは、俺がホッピーだと判断した結果か？　だとすると今日の豚カツの増量も？

「公表でもなんでもすればいいさ」

動揺を全力で抑え込み愛車に乗り込む。どの道、俺がやったという証拠はないし、あの程度の馬鹿どもを無力化できる奴など腐るほどいる。そんな不確かなことでは警察は動かない。

「そお？　じゃあ、今からこれをマスコミに持っていくことにするわ」

弥生が一枚の写真を俺に渡してくる。

「は？　これっ⁉」

心臓が飛び出るかのような錯覚に陥って口をパクパクさせてしまう。当然だ。そこには俺が狐面を被る姿が写し出されていたのだから。

「ちなみに、こっちのが、ホッピーが強盗を叩きのめす写真。服装も髪型も不自然なくらい同じよねぇ？　これら二つの写真を調べれば、捏造かどうかなどすぐにわかると思うわ！」

勝ち誇ったように弥生はもう一枚の写真も渡してくる。

「この野郎……」

歯ぎしりをしながら弥生を睨みつけたとき、

「弥生先生、やめてください！　ホッピー、いえ、この方に対し、あまりに失礼ですっ！」

今まで不安そうな顔で二人の話を黙って聞いていた赤色の髪をボブカットにした女子高生が、強い口調で弥生を窘める。

「き、木下さん、いいのよ。こいつとは昔からこんな感じで——」

言い淀む弥生を押しのけるとボブカットの少女は俺に深く頭を下げて、

「どうか、お願いします。私の友達を助けてください！」

懇願の言葉を述べてくる。この尋常ではない様子、どうやら相当な面倒ごとのようだ。弥生の脅迫同然のやり口は気に入らんが、自棄を起こしてマスコミに持っていかれでもしたら一大事だ。それに、放置するのも目覚めが悪いのは事実。聞くだけは聞いてやるさ。

「わかった。話を聞こう。だが、あくまで聞くだけだ。力を貸すかはそのあとで決める」

「ありがとうございますっ!!」

少女は目尻に涙を溜めて、拝むような仕草をしてきたのだった。

近くの喫茶店に入り、粗方の事情を聞く。

数日前、目の前の少女、木下小町たちオカルト研究部の部員は、かねて計画していた、今は使われていない旧校舎の調査を実行。小町は下の弟が熱を出してしまいその看病のためにこの肝試しイベントへの参加を直前で断った。その晩から、参加者全員が家に帰らないという。

女子高生三人の集団失踪だ。当然学園側も警察に捜査を依頼し、徹底的に旧校舎の捜索が行われたが人っ子一人いない。警察はこの件を異能犯罪者による集団失踪事件として公開捜査に踏み切ったようだ。確かに朝ニュースでそんな報道していたような気がするぞ。

「ならば警察に任せるのがベストだな。失踪者の捜索は俺には荷が重すぎる。というか無理だ」

「あんたにこの話を聞かせたのは、私たちがただの失踪事件だとは思っちゃいないからよ」

一枚の写真をテーブルの上に置く。

先ほど説明を受けた。これが弥生の種族特性の一つ、念写。なんでも弥生がその能力を使って写真を撮ると、撮影した場所に記憶された過去のワンシーンが写るという。

写真には旧校舎と思しき玄関口から校舎内に入ろうとする三人の女子高生の姿が写っていた。

「校舎側の身体が消えている?」

写真に写る二人のうち一人は片腕だけ宙に浮いている。もう一人はまさに身体の半分が消えていた。なのに、校舎内は無人の古ぼけた昇降口がその奥行きまでしっかり見える。こんな異常極まりないことが起きているのに、二人のすぐ後ろを歩く女子生徒に動揺の色は微塵もない。

「ええ、そうよ。校舎内に入った部分だけスッポリ消えている。この校舎、絶対変よ」

「警察には見せたのか?」

「ええ、担当の刑事さんに見せたわ。でも、撮影中のカメラの誤作動と決めつけられ、碌に取り合ってくれなかった」

弥生は苦渋の表情で下唇を嚙みしめる。世界が変貌して間もない。まだこの世界の種族特性というルールに馴染めていないものも多いのだろう。無理もない。ある意味、何でもありなわけだしな。

「お願いです!　皆を助けてくださいっ!!」

木下小町は泣きそうな顔で俺に頭を下げてくる。

「俺は正義の味方ってわけじゃない。もう一度警察に――」

「警察には旧校舎をもう一度調べてほしいと何度も頼んでいる！　でも、あの旧校舎は十分に調べたって言って聞く耳すら持ってくれないのよっ!!」

弥生とは思えぬヒステリックな金切り声に、しばし目を見開いていると、

「もうあんたしかいないの！　お願い……あの子たちを助けて！」

ボロボロ涙をこぼしながら、消え入るような声で懇願の言葉を紡ぐ。

弥生のこんな弱々しい姿も、俺に頭を下げる姿も、初めて目にした。この窶れ具合からして、生徒たちが失踪してから碌に寝ていないのかもしれない。まったくどうにも調子が狂う。

『心身ともに凶悪なそなたが、柄にもないことを考えてもキショイだけじゃぞ』

クロノが俺の顔を覗き込むと、呆れたように丁度今俺も思っていた感想を述べる。

「その旧校舎とやらに案内しろ」

内心で自分自身に悪態をつきつつ、俺は了承の言葉を口にした。

◇◆◇◆◇◆

――聖華女子高校旧校舎前。

時間は秋人が弥生たちの依頼を受ける2日前にさかのぼる。

「小町の弟君が熱だして来れないってさ」

「ねぇねぇ、ナナミーン、小町ちゃんも来れないみたいだし、今日は止めようよぉ！」

黒色の髪をおかっぱ頭にした座敷童のような外観の少女、二階堂綾香、通称あーやんが、緑がかった髪をポニーテールにした少女——浅井七海に抱きつくと懇願するように言う。

「延期は駄目。決行よ」

七海たちも来年は卒業。この夜間の旧校舎の調査は、オカルト研究部の卒業記念に必ず実施しようと考えていた。近々、旧校舎が取り壊されるという噂があるのだ。延期はしたくない。

「うん。確かにここまで来て帰るってのもスマートじゃないぜ！　少し見てから戻れば大丈夫なんじゃね？　それに、あーしの選択した種族ってかなり戦闘に特化しているしさ。魔物が出ても安心していいんだぜ！」

自慢げに二の腕をまくってみせる青髪のショートカットの少女——相楽恵子こと、ケーコ。彼女の青色の髪は、竜人という種族を選んだ副作用。そういう七海の緑がかった髪も【サイレントエルフ】というトリッキーな種族を選択した結果だ。ケーコと七海の種族はかなり希少らしく、七海の父の知り合いの政府の偉い人が学校に調査に来ていた。

理が裏返った世界で今更肝試しもないのかもしれない。でもこの3年間、ずっとこのオカルト研究部の部員として本格活動してきた。学生最後のこのイベントだけは外せなかったのだ。

「す、少しだけだよ？」

あーやんも仕方なく頷き、七海は正面玄関の扉に触れる。

案の定、引き戸の扉は鍵が壊れており、軋む音を立ててあっさり開いた。最近、旧校舎を取り壊し、更地にして第二校舎を建てる計画があるとの噂がある。正面玄関に打ちつけられていたベニヤ板も全て取り外されているし、既に業者の人が旧校舎内に調査にでも入ったのだと思われる。魔物に襲われたときなどの緊急事態に備えて、正面玄関の扉は開けたままにしておくことにした。

昇降口に足を踏み入れる。やはり、木造であることもあり相当老朽化している。まさか、床が抜けることはないだろうが、可能な限り慎重に進むべきだ。

建物内の窓という窓はご丁寧にも木で打ちつけられている。ミシリミシリと床が軋む音がして、背筋に冷たいものが走る。これだ。この非日常のスリル感。ぞくぞくするような感覚。まさに今生きているって感じがする。これを味わうためにオカルト研究部を立ち上げたのだ。

古ぼけた教室、視聴覚室、音楽室と順に回り、遂に屋上への扉の前に至る。

「これ、開かないぜ」

通常人の腕力を遥かに超える竜人のケーコでも開かないなら、もうお手上げだ。そろそろ戻るとしよう。最後に屋上から夜空を見上げられなかったのは少し残念だけど、それはそれでいい。

屋上の階段の前で記念写真を撮った後、外に出るべく1階へ向かう。

堅く閉じられている玄関の扉の前で、あーやんが焦燥に満ちた声で尋ねてくる。

「どゆこと？」

「多分、警備員さんが開いているのに気づいて閉めたんじゃないかな」

自分に言い聞かせるように呟くが、それが明らかに見当違いな推測であることは七海にも十分わかっていた。だって、この旧校舎は本校舎の裏の人気のない山側にある。こんな時間に旧校舎に警備員が見回りにくるなど到底考えられない。それにこの扉はそもそも鍵が壊れていたんだ。ベニヤ板などを張り付けたなら、建物の中にいる七海たちが気づかぬはずがない。

「で、でも——」

案の定、納得がいかないのだろう。再度、口を開こうとしたあーやんの肩を叩き、

「大丈夫。叱られるかもしれないけど、警察とお父様たちに連絡してきてもらいましょう」

安心させるべく、七海は笑顔でそう提言する。

どこの誰だか知らないが、悪戯にしては悪質すぎる。ここは学校や親たちの説教を気にしているときではない。すぐにでも警察を呼んで——。

「無理みたいだぜ……」

ケーコがスマホを操作しつつ小さく呟く。その顔には、普段の天真爛漫な彼女らしからぬ濃厚な不安が汚点のごとく張り付いていた。

「無理？」

慌てて七海もスマホをタップするが、電波が圏外となっていた。

「はあ？　何これ!?」

冗談じゃない！　ここは東京の近辺。山奥じゃないのよ！

「ねぇ、私たち、どうなっちゃうのぉ？」

おかっぱ頭の少女、あーやんが、泣きそうな声で七海に尋ねてくる。

疑問と不安、様々な感情が渦巻く中、必死で笑顔を作り励ましの言葉を紡ごうとしたとき、

「あ、あれ！」

怯えを含んだケーコの声が鼓膜を震わせる。眼球だけを彼女に向けると、血の気の引いた真っ青な顔で人差し指を向けていた。その指の先には真っ白なワンピースを身に着け、不自然なほど長い前髪で顔が隠れた女が佇んでいた。ここまでなら、七海たち同様この場所に閉じ込められた不運な学生と見なしていただろう。そう。彼女の頭部に二つの長い角がなければ――。

「ひっ！」

女性は右手に持つ大鉈で床をゴリゴリと削りながら、七海たちに近づいてくる。どう考えても友好的には見えない！

「逃げるよっ!!」

皆にそう叫ぶと、七海は【サイレントエルフ】の種族特性により全員の気配と姿を消失させ

つつ、ガタガタと震えるあーやんの手を引いて全力で走りだした。

1階の職員室へと駆け込み、椅子や机でバリケードを作る。緊張の糸がプッツンと切れたのか全員床に座り込み、肩で息をしていた。

「ねえ、ナナミン、あれ、何？」

「さあ、魔物……かしらね」

それ以外に考えられない。数日前にテレビで見たファンタジアランドの事件のアンデッドにどことなく似ていたし、あながち間違っちゃいないと思う。

「あーしら閉じ込められたのかな？」

消え入りそうな顔でケーコがボソリと呟くと、あーやんが声を上げて泣き出してしまう。あーやんを抱きしめてそっとその背中を叩き、

「救助を待とう！　私たちがこの旧校舎にいることは小町が知っているんだし、遅くても明日には学校側が発見してくれるわ」

二人を元気づけるべくできる限り不安を見せないように七海は力強くそう提案する。

あんな魔物が徘徊している以上、この旧校舎内を不用意に探索するのは自殺行為。心配性の両親のことだ。門限を大幅に過ぎても七海が帰宅しなければ大慌てで捜すだろうし、小町からこの場所にもすぐに辿り着く。それに、七海の種族特性により全員の気配と姿を消失させるこ

とができる以上、魔物に発見される危険性はそう高くはない。今はここでじっと身を隠しているのが最良なんだ。

念のため食料は多めに持ってきている。これなら1、2日は持つ。

（そうよ！　きっと大丈夫よ！）

己（おのれ）に言い聞かせるかのように、今も震えるあーやんを抱きしめて、七海は奥歯を噛み締めた。

◇◆◇◆◇◆

――聖華女子高校校長室。

「呪（のろ）われた旧校舎ねぇ……」

フリーの陰陽師（おんみょうじ）――クラマは眉間（みけん）に皺（しわ）をつくりながら、テーブルにある資料のファイルを手に取るとパラパラとめくる。

「娘たちの所在は依然（いぜん）として不明。あの担任教師の言う通り、娘たちが囚（とら）われている可能性があるなら、是非（ぜひ）助け出してほしい！」

小柄で小太りの中年男性が深々と頭を下げる。突如振って来た高額の依頼。意気揚々（ようよう）と駆けつけたわけだが、まさか現政権の文部科学大臣が出てくるとは夢にも思わなかった。

「何もなくても依頼料はもらえるんだろうな？」

「もちろんだ。全員に前金として１００万円を払う。娘たちを救い出したものには成功報酬として2億を払おう」

ここにいるだけで、20人はいる。いるかどうかもわからぬ娘の捜索のために２０００万円を注ぎ込むとは、金はあるところにはあるものだ。

ともかく、2億と聞いてこいつらの目の色が変わった。集められた全員が一騎当千の実力の持ち主だが、特に名が売れているのは二人。

一人は、頭をそり上げた僧侶の出で立ちの破戒僧——外道法師。坊さんでありながら、殺生を厭わない悪鬼魍魎祓魔のスペシャリスト。何かと悪い噂が絶えぬ男だ。

もう一人はサングラスをした、金色の髪を鬣のように伸ばした大男——エンキ。こいつは過去に欧米最強の魔術結社エレボスにも所属していたことのある魔術師であり、某国の機械化部隊の小隊を一人で壊滅させたとも噂されるほどの戦闘のプロ。

このメンツなら失敗はありえない。むしろ、こいつらのギラギラした野獣のような目からすれば、保護対象発見の争奪戦が繰り広げられることの方が遥かに心配だ。下手をすれば血みどろの戦いに発展しかねんしな。普段ならこの手の面倒ごとには首を突っ込まないのがクラマのポリシーだが、此度の成功報酬は2億。楽々十数年は遊んで暮らせる金額だ。クラマとしても譲るわけにはいかない。

（報酬が入ったら、稼業を引退して地方で喫茶店でも開こうかな）

そんな呑気で平和ボケした思考はものの数分で覆ることになる。

旧校舎の正面玄関の前には立ち入り禁止のロープが張られているだけで警官はいない。クラマたちの要求を受け入れ、浅井文科相が引き上げるよう警察に手を回してくれたのだろう。ロープをくぐり、先頭の黒服短髪の男が調査を開始するべく鼻歌を口遊みながら旧校舎の昇降口から老朽化した建物の中に足を踏み入れたときそれは起こった。

「は？」

まだ建物に入ってすらいない者も含め、此度雇われた22名全員が昇降口の下駄箱前で佇んでいたのだ。

「な、なんだ、ここは!?」

隣の外道法師が冷静な奴らしからぬ焦燥に満ちた声を上げる。

この嘔吐感が刺激される悪質極まりない感じ。経験上、これはかなりヤバイやつだ。

「なるほど特定の者が足を踏み入れると取り込まれる空間。つまり、ここはこの悪質な空間を作った奴の腹の中ってわけか。だとすると厄介だな」

サングラスの大男エンキが顎の無精髭を摩りながら、この空間に関する己の感想を述べる。

「けっ！　ともかくこれで餓鬼どもがここに取り込まれている可能性が増した。２億は早い者勝ち。俺のもんだ！」

黒服に短髪の男がポケットからナイフを取り出すと校舎の奥の方へ向かって歩いていく。意を決し他の者たちも調査を開始すべく、旧校舎内へぞろぞろと散っていった。

「馬鹿が……」

エンキが侮蔑の籠もった言葉を呟いたとき、耳を劈くような男の悲鳴が響き渡る。

やはりこうなったか。ここの悪質さを鑑みれば一目瞭然だろうに。

エンキはこの場に残ったクラマと外道法師に向き直り、

「この案件、俺たち個人では少々手に余る。手を組もうぜ？　報酬の2億は三等分でどうだ？」

今クラマがしようと思っていた提案を口にする。一人約6600万円か、悪くない。少なくともあいつらのようにこの状況でいがみ合って取り殺されるよりはよほどいい。

「俺は了承だ」

「拙僧もそれで構わない」

こうしてクラマたちはこの伏魔殿の探索を開始したのだった。

――1階、三年生教室の廊下。

（ふん！　臆病者どもが！　こんな結界ごときにいちいちビビッてどうするよ！）

一流の祓魔師と名高い外道法師やエンキたちの弱腰の姿勢を鼻で笑いながら、短髪黒服の男、蛭子は右手に毒刀を持って重心を低くし、周囲を窺いながら歩を進める。

(所詮、奴らもその程度だった。そういうことだろ)

この結界を解除し、餓鬼どもを保護すれば当分遊んで暮らせる大金が入る。しかも、今回の依頼は祓魔業のエリート、陰陽師の統括組織六壬神課からの正式なもの。無事成功させれば、研究員としてスカウトされることもあるかもしれない。そうなれば一生安泰なんてもんじゃない。それはまさに、この国の祓魔業の管理者側に立つということに等しいのだ。

(俺にもつきが回ってきた!)

蛭子が将来の輝かしい展望に舌なめずりをしたとき、頭上から水滴が落ちてくる。

(雨漏りか?)

顔を歪めながら、顎を上げて天井を見上げると、そこは蜘蛛のように張り付く生き物がギョロリとした眼球で蛭子を見下ろしていた。

「へ?」

蛭子が頓狂な声を上げたとき、天井に張り付く生き物の全身が霞む。そして自身の右腕から噴水のように吹き出す真っ赤な液体。しばし茫然と眺めていたが、それが己の切断された腕から出ていると認識し——。

「ぎひいいいぃっ!!?」

左手で傷口を押さえつつもあらん限りの声を張り上げた。

わからない！　なぜ自身の右腕が消失しているのだろう？　今も背中を丸めて蛭子の前に佇立するこの奇妙な生物は？　まったく見当すらつかない。ただ一つわかること。それはこの怪物から直ちに逃げなければ、己の命が失われるという事実のみ。

「ひいっ！」

無様に悲鳴を上げて奴に背中を向け、全力疾走しようとするが、前につんのめる。身を捩り、大腿部から消失している己の両脚を確認し、あらん限りの声を張り上げる。

「ぐ、ぐるなぁっ！」

後退りながら懇願の声を上げる蛭子の恐怖を楽しむように白服の女は大鉈を引きずりながら近づいていく……。

七海たちが閉じ込められてから丸一日が経過する。

念のため、食料や水は多めに持ってきていたから空腹ではなかったし、職員室のトイレは丁度正面にあり、怪物襲撃の危険性は最小限に抑えることができていた。

もっとも、生存に支障がなくても、電気も碌に通っていない、こんな薄暗い場所にいつまでも閉じこもっているのは、既に精神的に限界だった。現に――。

「もうやだ！　帰ろうよ！」

あーやんが泣きべそをかきながら、もう何度目かになる不可能な提案をしてくる。

「どうやって？　帰れるならとっくに帰ってるつーの」

ケーコが面倒くさそうに返答する。

「じゃあ、じゃあ、ずっとこのままってわけぇ？」

「そんなのあーしが知るわけないっつの！」

あーやんのヒステリックな声にケーコは不機嫌そうに眉を顰めて叫んだ。ビクッと全身を硬直化させてシクシクと泣き出してしまうあーやんを抱きしめて、

「大丈夫。もうすぐ助けがくるから」

七海は力強く宣言する。これまでならこうすれば、あーやんは落ち着いた。

「もうすぐっていつぅ？　そう言ってずっと来なかったじゃない！」

しかし、今回は七海の腕を振り払うと立ち上がり声を張り上げる。

「そうね、あと1時間待ったら、私は校舎を探索に出るわ」

どの道、七海たちが持っている食料はあと1日分。もうじき尽きる。特に水の不足は深刻だ。このままここにいても餓死するだけ。ならば脱出方法を見つける方が遙かに建設的というものだろう。

何より、七海は二人を巻き込んでしまった。その責任は負わねばならないのだ。

「わ、私も――」

狼狽した声を上げるあーやんに首を左右に振る。七海の種族特性により消失できるのは、あくまで気配と姿のみ。声などの音は対象外。あーやんが怪物と遭遇すれば、おそらく悲鳴をあげてしまい、七海たちは全滅する。

「ごめん。探索に行くのは私だけ。私の種族特性はある条件では一人の方が探索しやすいの。それにここに救助隊の人が来たとき誰も残っていないとマズイでしょ？」

あーやんはぐずり始め、ケーコも悔しそうに下唇を噛み締める。

「ケーコ、あーやんをお願い」

ケーコは、僅かの間、七海を凝視していたが、大きく息を吐き出し――。

「わかった」

そう頷いてくれた。

1時間後、七海は探索用の最低限の所持品のみを持って探索に出発することにした。

ちなみに、二人には気配遮断の効果のみを付与している。あーやんは既に限界だ。姿まで消失させるときっと不安に押し潰されてしまう。それに、現に気配遮断の効果だけで化物どもはこの部屋に侵入しようとしてこなかったのだ。大人しくしている限り、十分効果はあるはず。

「ナナミン、早く戻ってきてね」

あーやんが不安げな顔で七海に抱きついてくる。

「ええ、必ず脱出法を見つけて帰還するわ」

「無茶をしちゃだめだぜ？」

「わかってる」

ケーコに大きく頷き、七海は種族【サイレントエルフ】により気配と姿を消し、旧校舎の探索を開始する。


探索を開始した後、自身が致命的なミスをしてしまったことに気がついた。即ち、自分の位置すら不明な状況になってしまったのだ。３階へ上ったはずなのに１階へ着いたり、一度職員室へ戻ろうと１階の通路を進むと、２階の音楽室前に到着してしまったりする。

そして——木製の廊下の至るところに散乱する人だったもの。

（くっ！）

廊下にばら撒かれた臓物に、酸っぱいものが込み上げてきて、思わず口元を押さえる。そう。旧校舎は濃厚な死で溢れていた。この残虐極まりない死の原因は旧校舎に巣食う怪物どもだ。

１階の廊下にはあの角の生えた白色のワンピースを着た化物が徘徊し、２階の調理実習室内では青色の肌に顔が異様にでかい鬼がボリボリと何か大きなものを食べている。さらに、東側の3階階段上には顔だけの怪物が鎮座。カメレオンの体色のごとく周囲の風景と同化しており、近づかなければ気づかない仕様となっていた。

そして、死体の傍には武器らしきものも放置されていた。彼らはもしかしたら七海たちの救助隊だったのかもしれない。だとすると、この空間からの脱出はあまりに困難すぎる。

一度職員室へ戻って対策を考えたいが、生憎とその職員室への道がわからない。疲労と焦燥が蓄積する中、三階の視聴覚室へ足を踏み入れたはずが、巨大な体育館のような場所へと出る。

体育館の中心にはいくつかの鉄の椅子が置かれており、その椅子の一つに若い男性が括りつけられていた。

そして、その男性にゆっくりと近づく、黒色のスーツにハットを被った男。

この位置からは顔までは見えないが、状況からいってあれがこの旧校舎の主なのだろう。

(でも、あのガリガリに痩せた容姿、どこかで見たことがあるような……)

七海がその容姿を記憶から引き出そうとしている中、黒色スーツの男は泣き叫び、許しを請う二十代前半の男性に近づき、その右手で顔を鷲摑みにする。

「ぐげげげっ!!!」

男性は掠れた獣のような声を上げてピクピクと痙攣していたが、ピタリと動きを止める。刹那、皮膚がボコボコと泡立ち内部からせり上がるように肉が盛り上がっていく。

(う、うそ……)

数十秒の後、男性は二本の角を持つ赤肌の怪物へと変わってしまう。

(うぐっ!!)

漏れそうになった悲鳴と嘔吐感を必死に抑えながらその場に蹲る。外の人の残骸はどうにか我慢できた。でもあれは駄目だ。あんな人を怪物に変えるなど、絶対に七海の心が許容できない。

「うーん、劣悪な鬼しかできない。素材が悪いんですかねぇ」

肩を竦めてそうぼやく黒服ハットの男。やはりだ。この男の声、七海は聞いたことがある。

黒服ハットの男はブツブツと呟きながら、赤肌の鬼の周りを歩き回り始めた。

(じ、事務長さんっ!!?)

その顔を一目見て、七海の過去の記憶と現実の光景とが適切に照合される。

そうだ。あの人は聖華女子高校の事務長さんだ。オカ研の経費の件で何度か事務室を訪れたときに顔を合わせたことがあるから、間違いない。

「若い男が駄目なら、子供ならどうでしょう」

事務長の指示に従って体育館の扉が開くと黒服に気色悪いマスクをした男たちが泣き叫ぶ少女を引きずるように連れてきて椅子に縛りつけた。

パパ、ママと大声で助けを求める少女の声が、七海の心をいやというほど震わせる。

七海にはケーコや意識を失って現在入院中のあの子のような飛び抜けた闘争の手段などない。

旧校舎内の大虐殺をやったあれに抗えるはずがないのだ。

だが、しかし——だが、しかしだ！　今動かなければどうなる？　きっとここを無事逃げだしたとしても、七海は一生後悔するし、きっとあの少女の声を毎晩思い出して、眠れない日々をこれからずっと送ることになる。それはごめんだ。それに、あくまで奴らの気を逸らすだけなら絶体絶命の状況になることはないはず。

スカートのポケットからペンを取り出し振りかぶると今も木造の体育館を煌々と照らしている蠟燭の一つに向けて投げつけ、少女に向けて走り出す。無論、他にも蠟燭は沢山あるし、一本火を消しても焼け石に水だろう。でも、一瞬奴の気を逸らせれば、あの少女に気配遮断と透明化の効果を付与することができる。

「ん？」

ペンが衝突し蠟燭が倒れて、事務長は億劫そうに顔を蠟燭に向ける。直後、蠟燭の光が全て掻き消え、全力疾走していた七海は透明な何かに担がれてこの体育館を脱出していた。

近くの教室へ入ると透明な何かは七海を床に下ろし、呪文のようなものを唱える。次の瞬間、ドーム状の水の膜のようなものが七海たちを覆い、まるで湧き出るように三人の男性と先ほど縛られていた幼い少女が姿を現す。

「あ、貴方たちは？」

「俺たちはお前の親父さんに雇われた祓魔師。バケモノ退治屋とでも思っておいてくれ」

短い黒髪に真ん丸眼鏡をした男性が、場違いに陽気な声色で自己紹介をしてくる。

「まあ、私たち以外は全て殺されてしまいましたがね」

お坊さんのような風貌の男性がため息交じりに口にすると、

「だがどうするよ？　あれの討伐はかなり厄介だぞ？」

サングラスの大男が二人に問いかける。

「ああ、これは四天将出動案件だ。早急にここを脱出して応援を呼ぶべきだろうさ」

「同感です。依頼の少女は保護しましたし、危険を冒してまであれに挑む理由はない」

黒髪眼鏡の男にお坊さんも賛同の意を示す。

「私の友達が一階の職員室にいるの！　でも、どうしても辿り着けなくて！」

黒髪眼鏡の男性にしがみつき、現状を説明しようとするが上手く言葉が紡げない。

「わかっている。ここは空間がぐちゃぐちゃに歪められているからな。一般人の嬢ちゃんには無理ってもんさ。だが、プロの俺たちなら造作もない。なあ？」

「俺たちというより、拙僧の力ですがね」

はいはいと苦笑しつつ、黒髪に丸眼鏡の男は歩き出す。

外道法師と名乗るお坊さんの力で驚くほどあっさり、七海たちは職員室へ到達する。

「ケーコ、あーやん!!」

名前を叫んで室内に入り、オカ研メンバーたちを捜すが、人っ子一人いない。その事実に、体中の血が凍るような心地になり、名前を懸命に呼ぶが誰も答えはしない。

「最悪だ。見ろよ」

サングラスの大男、エンキさんの視線の先の掲示板には、「鼠さんたちに告ぐ。娘二人は預かりました。今から10分後に視聴覚室へ来なさい」と記載されたカードが貼り付けられていた。

その内容を頭が理解したとき、七海は視聴覚室の出口へ向けて駆け出していた。

「嬢ちゃんを止めろ！」

エンキさんに、七海は忽ち羽交い締めにされてしまう。

「放して！　早く行かなきゃ！」

半狂乱で必死に抵抗しようとするが、黒髪丸眼鏡の男、クラマさんに頬を叩かれる。

「落ち着け、見捨てるとは言っていない」

「友達を――ケーコとあーやんを助けてくれるの？」

打たれた頬を摩りながら、クラマさんを見上げて声を振り絞る。

「ああ、端から嬢ちゃんら三人の保護が依頼内容だしな。だが、今、ここで嬢ちゃんが無策で暴走すれば全員死ぬ。理解したか？」

それはそうだ。きっと相手はそれが望みなのだから。ならば――。

「もう大丈夫だから放して」

拘束を解き、七海から離れるエンキさん。七海は立ち上がると、

「私は何をすればいい？」

そう尋ねたのだ。


クラマさんの立てた救出作戦はシンプル。七海の存在は既に相手に知られてしまっている。そこで七海が出ていき、七海の種族特性により気配と姿を消した他の三人がその隙に奴に奇襲をかけるというもの。クラマさんの予想ではあの事務長を制圧すれば、この結界自体が消える。そうなれば、ここはただの旧校舎。ケーコとあーやんを無事救出できるというわけ。最初から一人で救出するつもりだったのだ。今更、怖気づく理由などない。だから二つ返事でこの作戦への協力を了承した。

現在、視聴覚室の前だ。もちろん、七海の気配遮断と姿消失の効果は切っている。

視聴覚室の引き戸を開き、中に入ると、先刻同様、そこは巨大な木造の体育館。その中心には黒スーツにハットを被った男が佇んでいた。

「来ましたねぇ。私は原玄。どうぞよしなに」

奴は口角を吊り上げて、わざとらしく右手を胸に当てて頭を垂れてくる。

「何でこんなことをするの？」

常軌を逸した人間の目的などどうせ理解できない。微塵も知りたくはなかったが、七海の役

目は可能な限り話をして奴の隙を作ること。

「うーん、見てわかりませんかねぇ。もちろん、鬼を創ることですよ」

「鬼を創る？　あの胸糞の悪い行為のこと？」

「ええ、此度私が得た種族特性は鬼系キメラの作成。定期的に高品質の鬼を献上すれば、超常の御方の末席に加われる。そのように天啓が下されたのでぇ――――す！」

事務長、原玄は恍惚の表情で両腕を広げるとそんな妄言を宣う。

「超常の御方って？」

「六道王、餓鬼王様の眷属の一柱――夜叉童子様ですよ」

六道王？　餓鬼王？　夜叉童子？　途端に話が胡散臭くなった。

「あんた、いい歳してそんな妄言のためにこんな酷いことをしているの？」

演技ではなく、七海はこのとき激烈な憤りに支配されそう叫んでいた。いい歳した大人が天啓？　馬鹿馬鹿しい！　そんな中二病全開の妄言、もう後輩の男子ですら口にしない！

「妄言と思うのは、貴女が今まで生きてきた世界が愚かで価値など一切ないただ生存のみが許された家畜の世界だからですよぉ。ねぇ、そう思いませんかぁ？」

原玄はグルリと体育館を見渡し、声を張り上げる。同時に三人の姿が忽然と出現する。

「ちっ！」

「てめぇ！　裏切りやがったなっ！」

　体育館の隅で床に両膝をつくエンキさんとクラマさん。二人の全身は紅の糸で雁字搦めに拘束されていた。そして両手で印を結んでいる外道法師。状況からいって七海の種族特性が切れているのは、あの人の仕業だと思われる。

「裏切る？　心外ですね。端から君らとは一時的に手を組んでいたに過ぎない。より高い利益があるなら拙僧はそちらを選ぶ」

「な、何でよぉっ!!?」

　必死だった。我武者羅に外道法師に尋ねていた。だって、こんなの意味がわからない。よりにもよって人を鬼に変えるような怪物の味方をするなど、正気の沙汰ではないから！

「私たち法術師にとって六道王様の末席に仕えるのは一族悲願の夢。ただそれだけですよ」

　さも当然に答える外道法師の声には、裏切ったことへの後悔や自責の念といった感情は一切読みとれず、代わりにとびっきりの歓喜に溢れていた。

「あの伝言のカードに念話が込められていたな？」

「ええ、偶々私が触れたのは僥倖でした。こうして無駄な争いをしなくてすんだ」

「これが世間にバレたらお前、破滅だぞ？」

「でしょうね。でも逃げ切ってみせますよ。私と彼が手を組めばそれが可能だ。そして我らは贄を献上し、晴れて餓鬼王様の系譜に連なるのですっ！」

「くそがっ！」

唸るような声を発するエンキさんに原玄は口端を上げると、

「話もすんだようですし、ご対面でーす！」

右手の指をパチンと鳴らす。地響きをあげて奥の体育館倉庫から出現する真っ白な四つ足の美しい怪物と青髪の少女ケーコ。ケーコの顔は涙と鼻水でグシャグシャに歪んでいた。

「ケーコ!! 無事だったのね！ あーやんは!?」

ケーコの無事な姿を目にして、一瞬、悪夢から覚めたかのような安堵感を覚えて、もう一人の友人の所在を尋ねる。

「ナナミン……あーし、あーし、助けられなかったッ！ あーやん、ごめん、ごめんなさいっ！」

ケーコは蹲り頭を抱えて大声で泣き出してしまう。しばし、ケーコの異様な様子に目を白黒させていたが、ある疑問が頭をよぎったとき足元の床が抜けるような虚無感に襲われていく。

今、ケーコは誰に謝った？ そしてなぜケーコはあの傍にいる怪物を恐れない？ 何よりあの怪物の頭にある髪飾りはあーやんがしていたものではなかったか？

「まさか……あーやんなの？」

カラカラに渇く喉で親友の名前を口にして怪物に語りかける。

「そうだよ。彼女は君の友達の一人さ。適性がなかったらしく、駄鬼になってしまったがね。やはり、強力な鬼の合成には材料の種族が重要なファクターのようだ。その点、君ら二人ならとびっきりの鬼ができそうだ」

まるでゲームでキャラを合成するかのように得々と成果を叫ぶ原玄の言葉が、やけに遠くに聞こえる。そして――。

『な……な……みぃ……ん』

異形の口から漏れる己の名前に、七海はあまりに不条理な現実を理解した。

七海のせいだ。七海がひどい目に遭うならある意味自業自得だし仕方ない。でも、あーやんは違う。端からここでの肝試しに反対していたんだ。そう、これは全て七海のせい。

「許さない……」

原玄を睨みつけながら怨嗟の声を絞り出すが、反面、まるで心が壊れたかのように何も感じない。いや違う。きっとあいつへの憎悪と怒りが強すぎてバカになってしまっているだけだ。

「貴女たちのおかげで良質の鬼が多量に集まりそうだ。感謝してもしきれませんね。でも、この旧校舎も目立ち過ぎました。面倒な奴らが来る前に次は………」

もう奴の言葉など聞こえない。ただ視界が血のように赤く、赤く染まっていく。

よくも七海の大切な親友にひどいことをしたなっ！　許さない！　許せない！　こいつだけは絶対に許さない！　神様、いや、悪魔でも誰でもいい！　七海の何でもあげる。だから――。

「では、次は貴女ですねぇ」

原玄はケーコに視線を移し、ニタリッと悪質に笑う。

「だから、こいつを倒してぇぇぇっ!!」

喉が潰れんばかりの声を張り上げた。刹那、旧校舎全体を震わせる大震動が起きると周囲の光景がぐにゃりと歪み、真っ暗で小さな体育館へと変わる。

「はあ？　私の結界が外部から強引に破られた!?」

今までの余裕の様子から一変、原玄は僅かに焦りを含んだ声を張り上げる。

「ば、馬鹿な！　私の悪食鬼との交信が途絶した？　ありえない！　しかし、現にこうして――」

血走った目で意味不明なことを言うと、原玄はブツブツと呟きながら周囲を歩き始める。

「おい、呑気に考えている場合かっ！　これは、おそらく六壬神課による襲撃。きっと俺たちの計画がバレた！　早く逃げねば拙僧たちは文字通り破滅だっ！」

「わかっています！　最高の素材のその二人がいれば最高クラスの鬼が作れる。その二人を連れてこの地を離れます！　奴らに今までの鬼をぶつければ逃げる時間くらい稼げるでしょうっ！」

原玄がパチンと指を鳴らすと十数匹の鬼が忽然と出現し、あーやんとともに体育館の外に疾走していく。

「あーやん、行っちゃ駄目！」

あーやんへ駆け寄ろうとするが、外道法師に手首を摑まれる。

「放せっ！」

無我夢中で暴れるも、

「面倒だ。その娘はここで鬼化します」

原玄が七海に近づくと右手を伸ばしてくる。懸命に逃れようとするが、外道法師の万力のような力でビクともしない。

原玄の右の指先が七海の額に触れる寸前、頭上から光の筋が走る。

「へ？」

原玄はキョトンとした顔で己の粉々に砕け散った右手を眺めていたが、

「ぐぎゃあぁぁっ!!」

失った右手を押さえて怪鳥のような悲鳴を上げる。そんな原玄に天から落ちる四本の光の筋。光の筋は、左腕、右腕、左右の両大腿部を次々に破壊していく。瞬きをする間もなく、俯せに倒れこむ原玄に外道法師は顔を引き攣らせて、

「ヒィイイッ!!」

耳を劈くような悲鳴を上げる。刹那、七海の右手首を握る外道法師の右腕が吹き飛び、次いで左腕も吹き飛ぶ。外道法師は背中を見せて逃げようとするが、光の筋が走り、その両脚を根本から粉々に破裂する。そして奴は顔面からダイブし、身動き一つとれなくなってしまった。

絶体絶命の状況があっさり、覆ってしまった。その事実に七海を始めこの場の誰もが受け入

れることができず、無言で硬直化していると、外の校庭から地鳴りが聞こえてくる。

　それは正真正銘の怪物と哀れな鬼たちとの戦闘開始の狼煙だったのだ。

　旧校舎への立ち入りの許可をとるべく、俺は校長室を弥生と木下小町の二人と共に訪れている。

　もっとも、小町の同行を許したのは本校舎まで。旧校舎には俺たち大人だけで行くと伝えると、彼女は当初猛反発した。結果的に弥生が根気強く説得し、渋々校長室での待機を受け入れる。

「もう5時間経つというのに誰一人として帰ってこない！　しかも、旧校舎はもぬけのからだ」

　浅井七海の父を名乗る恰幅の良い小柄な男が、頭を抱えて呻き声をあげる。多額の報酬で怪物退治専門業者を雇ったらしいが、全員忽然と姿を消したようだ。どうも弥生の危惧通りこの上なくヤバイ状況らしいな。

「頼む！　誰でもいい！　金はいくらでも出す！　娘たちを助け出してくれ！」

　額をテーブルにつけて俺にそう懇願してくる。背後の秘書たちが息を呑んでいることからも、普段はこんな姿を見せるような人物ではないのだろう。それにしても浅井ってどこかで聞いたことあるんだよな。ま、どうでもいいか。

「今回は弥生の依頼だ。金はいらん。だから、一つだけ俺との約束を守れ」

「約束？」

「ああ、これから何があっても俺のことは他言無用にすること。あんたがこの条件を守るというなら、俺は全力で力を貸そう」

当面の危惧は警察に俺がホッピーだと知られること。それは何としても回避しなければならない。だが、餓鬼を見捨てるのはなしだ。それは最近判明した俺の数少ないポリシーだから。

「もちろん、そのくらい容易い。私のあらゆるコネを使っても必ず守る。だが、本当にそれでいいのか？」

「ああ、だから必ず約束を守れ。どうも嫌な予感がする。すぐに旧校舎とやらに案内しろ！」

俺の指示に弥生が大きく頷き、ソファーから立ち上がると早足で歩き出した。

小町と共に本校舎の校長室に残れと浅井のオッサンに指示を出すが、断固拒否される。ま、小町と異なり浅井のオッサンはいい大人だ。自分の危険の責任くらい負える立場だ。俺が必要以上に口を出すのも違うだろう。だから同行を許可する。小町は不満そうだったがガン無視した。

旧校舎は本校舎の裏にある、３階建てのかなり大きな木造の建物だった。

即座に旧校舎を千里眼で隅々まで鑑定すると、校舎の八か所の木製の柱には幾何学模様が刻まれており、『八柱結界——八つの印を刻み、領域に踏み込んだ者を捕らえる結界。ただし、術者の魔力の倍以上の耐魔力を有するものには容易に破られる』と表記されていた。

要はあの八つの柱の印を破壊すれば結界とやらが壊れるんだろう。ならば話は早い。

「クロノ、やるぞ！」

『らじゃーなのじゃ！』

今日日聞かなくなった言葉を吐くと、クロノは白銀の銃に姿を変えて俺の右手に収まる。

俺は千里眼で八つの柱を特定した上で【チキンショット】を発動し、弾丸を放つ。銃弾は誘導弾のごとく旧校舎内へと消えて大爆発を起こす。どうやら成功だ。【チキンショット】はLv6となり1000回に上限がアップしている。事実上、回数は気にかける必要はなくなった。

あとは校舎内の捜索だな。再度、千里眼で旧校舎内の鑑定を開始する。

脇の体育館に複数いる。既に写真を見せてもらっている。あの体育館にいて両膝をついて泣いているのが浅井のオッサンの娘だろう。

さらに、校舎内には死体の山と怪物が三匹。一匹は白色の服を着た女の怪物。二匹目が東側の3階の階段上にいる顔だけの怪物。三匹目が職員室と書かれた部屋の片隅で震えている幼女に、今にも襲いかかろうとしているやたら顔がデカイ青肌の怪物。

まったく、いきなり一触即発かよ。毎度毎度、マジで勘弁願いたいね。アイテムボックスからホッピーの面を取り出し、装着すると奴らのいる職員室へ向けて疾駆した。この旧校舎での事情が不明な今、あの怪物を殺すのはやり過ぎだ。行動不能にさえできればいい。

青肌の怪物がだらしなく涎を垂らしながら右手を幼女に伸ばす中、奴に接近した俺はその腹部にワンパンして悶絶させる。黒髪の幼女は俺を視界に入れるとパッと顔を輝かせて、

「ホッピー！」

勢いよく抱きついてくる。そして俺を見上げると、

「皆、お化けになっちゃったの！　それでね、私もお化けにされそうになったら、おじちゃんとお姉ちゃんが助けてくれて、お姉ちゃんがここでいい子で待ってなさいって！」

大声で叫ぶ。よくわからんがこの茶番を仕組んだ奴は、人をバケモノにする力があるってか。なら、今も伸びている青色の怪物は元人間ということ。クロノで殺さなくてマジで良かった。

それにしても人を怪物にする種族特性ね。なんちゅう悪質な種族だよ。やっぱ、このゲームの運営って頭のネジがとんでるわ。ともあれ、元人の可能性があるなら、あの白服の女の怪物と顔の怪物は、この件が解決するまで大人しくしていてもらうとしよう。

幼女を担いで一旦、旧校舎のグラウンドへ向かう。そして弥生に幼女を預ける。

「き、君はファンタジアランドのホッピーだったのか？」

驚愕と歓喜が混じった問いを発してくる浅井のオッサンには答えず、

「いいか、現在、非常に面倒なことになっている。ここからは総力戦になる。早くここから離れろっ！」

強い口調で指示を出す。すぐに体育館に行きたいのは山々だが、そうするとこいつらが襲われるよな。つまり、この校庭でその元人の鬼を迎え撃つしかあるまい。

とすると、体育館内にいるこの事件の元凶は真っ先に無力化しておくべきだろうな。何せ鬼化解除の方法を聞き出さなければならん。逃げられたらたまらんし。

問題は誰が元凶かだが、あの緑髪の少女が浅井七海で、青髪の少女が相良恵子であることは既に写真で確認済みだ。だとすると、緑髪の少女の右手首を握っている坊さんと、今も近づいているあの異様に痩せた黒スーツの男が元凶か。浅井七海が憤怒の形相で睨みながら、奴らから逃れようとしているし、間違いなかろう。

俺は千里眼で浅井七海に伸ばす黒スーツの男の右手を指定し、【チキンショット】でクロノの弾丸を放つ。弾丸が体育館の天井から高速落下し、黒スーツの男の右手を粉々に破壊するのを確認。次いで黒スーツの両腕、両脚、坊さん姿の男の四肢を順に指定し【チキンショット】を発動しながらクロノの弾丸を放つ。四肢を失い床に転がり絶叫を上げる黒スーツと坊さん姿の男。

クロノの弾丸で四肢の断端は相当な熱量でこんがりと焼かれている。これなら、出血多量で死ぬことはあるまい。後でゆっくりじっくり尋問してやるさ。もしあの鬼たちを治せないなら、俺にも考えがある。このクソッタレなゲームの運営の掌で踊っているようであまり気は進まないが、致し方ないだろうさ。

さて、その前に、あいつらの処理だな。ぞろぞろと体育館から出てくる鬼どもは全部で40はいる。全て平均ステータス30前後。今の俺なら相手にすらなるまいよ。

俺は奴らに向けてゆっくりと歩き出した。

襲いかかってくる怪物を徹底的にあしらうこと、約10分後、完全無力化に成功する。

向かってくる怪物の足元の地面を殴って爆風で吹き飛ばしたり、近くの大木を引き抜いて振り回して発生させた突風により数メートル転がしたりしていたら、大半は目を回して気絶する。それでも果敢にも向かってくる怪物は、限界まで手加減をした右拳により沈黙させた。

残った意識のある数匹の怪物どもを、一か所に集めて校庭をかなり本気で殴り爆砕させる。巨大なクレーターの前で「大人しくしていろ」と静かに告げると、皆ガタガタと震えて動かなくなる。うむうむ、素直なのはいいことだぞ。

そして弥生たちとともにこの事件の元凶のいる体育館へ向かう。

「治せないってどういうことっ!!?」

体育館の中では緑髪の少女、浅井七海が痩せた黒スーツの男の胸倉を摑み怒号を上げていた。その悲痛に塗れた表情と大粒の涙を流している様を見れば、結論は一つ。

「くくっ！　くははっ！　一度鬼になった者は治せない。私にどんな拷問をしようがその事実は変わらないのでーす！　貴女の友人の少女はあの醜い鬼の姿のまま一生過ごす。そう、それは確定した未来！」

「このぉ、クサレ外道っ！」

四肢を失いながらも勝ち誇ったように叫ぶ黒スーツの男に、右拳を振りかぶる浅井七海。その右手首を摑んで立ち上がらせると、

「そいつはお前が殴る価値のない奴だ。あとは大人に任せろ」

可能な限り強く宣言する。浅井七海は俺を見上げて顔をくしゃくしゃに歪めると泣き出してしまう。そんな七海に、真っ白な鬼が近づいていく。

「七海ぃっ！」

浅井のオッサンが鬼から娘を守ろうと立ち塞がろうとする。

「心配ない。大丈夫だ」

『なな……みん……ないちゃ……やだ……』

真っ白な鬼は七海に近づくと頰擦りをする。ハッと顔を上げて、七海は真っ白な鬼を凝視し、強く抱きしめる。

「あーやん！」

青髪の少女も白色の鬼を抱きしめる。

「まさか鬼化されても自我を保ちますかっ！　面白い！　これは面白いでーす！　全て鬼化して夜叉童子様に献上すればどれほど喜ばれることかぁっ！」

歓喜の声を上げる黒スーツの男。

「お前、絶対いかれているよ」

不快に顔を染めながら、黒髪の男がそう吐き捨てると、腰から細長い短剣を抜き放つ。それに呼応するかのように隣のサングラスをした大男も蟀谷に太い青筋を張らせて槍のようなものを構えた。いわゆる落とし前というやつかもしれない。だがそれは駄目だ。何せこいつにはまだ利用価値があるから。故に二人を押しのけて前面に出、奴を見下ろす。

「お前には少々確認事項がある。その返答次第でお前の運命は決定する。お前に優しい返答であればいいな」

これは脅しではなく本心だ。そう。これは文字通り、奴の破滅か生存かを決める二者択一。

「確認事項ですかぁ？　なんですぅ？　何でも答えますよぉ？　それに答えたら、貴方、私たちにつきなさい！　そうすれば――」

俺は奴の頬を平手打ちするとその胸倉を摑んで引き寄せる。そして――。

「御託はいい。あの鬼たちは人間に戻せるか？」

「だから戻せないと言ったはずですがぁ？」

さも可笑しそうに即答する。

「この質問はお前の運命を決するものだ。地獄を見たくなければ、もう一度、そのスッカスカの脳味噌を振り絞って捻りだせ」

「そんな見え透いた脅しをかけても無駄でーす。貴方が六壬神課のものなら、私が夜叉童子様の天啓を得ている以上、殺すことまではできませーん。政府関係者なら猶更殺せないはずでーす」

おうおう。随分余裕だな。浅井のオッサンや黒髪丸眼鏡、サングラスの大男の苦虫を噛み潰したような表情からするとそれはあながち間違っちゃいないんだろうさ。

「そうだな。俺がこいつらのように、まともならきっと思い止まっていたんだろう」

だがな、俺にこいつらのような常識を求めること自体、大きな間違いだ。

「貴方、夜叉童子様の天啓を得た私を殺すつもりですか？」

初めて薄気味の悪い笑みを消して、そんな当然のことを尋ねてくる。

「阿呆。なぜ、俺がお前のようなクズを殺してやる必要がある。殺しやしねぇよ。殺しはな」

「何を企んでいるんです？」

「最後だ。答えろ。あの鬼たちを人間に戻せるか？」

神妙な顔で俺を凝視していたが首を左右に振って、

「戻せませんね」

予想通りの答えを述べた。

「そうか、なら仕方ないな。俺も心を鬼にするしかない。こんな俺でもお前の無様な運命を思えば、多少の同情も……いや、あんまり覚えないな。うん、心底どうでもいいぞ」

俺は先ほど戦闘中に生じた既に確認済みの視界の右端のテロップを開く。

《1．夜叉童子のゲーム版への介入、2．規定値以上の夜叉童子の傀儡、原玄緒靴の狂気、3．傀儡、原玄緒靴による弱者に対する非道行為、の各条件を満たしました。敗者、原玄緒靴を贄として夜叉童子にバトルクエストを仕掛け、【復元の黍団子】を略奪することができます。実行しますか？》

俺はテロップの最後にある《YES》を何の躊躇いもなく押した。

『夜叉童子とのバトルクエストの申請――運営により受理されました』

案の定、頭に響く無機質な女の声に黒スーツの男からサーと血の気が引いていく。

「バトルクエストだとっ!? き、き、貴様ぁ、夜叉童子様に戦いを挑むなど、正気かぁッ！」

「ああ、正気だし大真面目だよ。お前はこれからそのクソのような肉体と魂を捧げて崇敬の夜叉童子様の顔に泥を塗るのさ。良かったじゃないか。きっと、名前を憶えてもらえるぞ」

満面の笑みで親指を立ててやると顔を絶望一色に染めていく。そして――。

「ぐげげげっ!!」

珍妙な奇声を上げながら顔がぐにゃぐにゃに変形し、衣服は飛び散り肉体がボコボコと盛り上がって膨張していく。あとは――。

「おい丸眼鏡とグラサン、そいつら連れて外に出ていろ！　巻き込まれれば即死ぬぞ！」

今も変貌を遂げている原玄だったものを惚けたように眺めていた黒髪丸眼鏡とグラサン大男

は弾かれたように頷く。

「ここは危険だ。直ちに外に退避するぞ！　ほら、君たちも！」

丸眼鏡が大声で叫ぶと皆、神妙な顔で一目散に外に向けて走り出す。抱き合って泣いていた白色の鬼と浅井七海、相良恵子も弥生と浅井のオッサンに強引に促され白色の鬼とともに外へ向かって駆けだす。

いい流れだ。目の前の愚物もいい具合に怪物化が進行しているようだしな。

二メートルを超える体軀に剛毛、頭頂部には先端に団子がある丁髷が生え、顔には不自然に口が開いたオカメの仮面が装着される。丁度腹部だけが丸く繰り抜かれた着物が出現し、真っ黒な腹が露出すると、背中には日本一ののぼりが立つ。さらに、右手には豆の入った箱を抱える。そして奴の周囲で真っ赤な褌一丁の犬、雉、猿の顔をしたマッチョな男たちがやはり、気色悪いポーズで佇んでいた。

《バトルクエスト【腹グロ節分祭り】が開始されます》

◆腹グロ節分祭り：夜叉童子のゲーム版への不当介入に激怒した人間代表、狐仮面の申請により【腹グロ桃太郎】が誕生いたしました。

ああー、哀れな【腹グロ桃太郎】よ！　悪辣で非道な狐の怪物から崇敬の夜叉童子所有の【復元の黍団子（複数）】を無事守り切れるのかー！

・クリア条件：腹グロ桃太郎とその眷属の討伐

不愉快極まりない内容のテロップだが、概ね俺の想定通りに進んでいる。確かに今の俺には鬼化されたものたちを元に戻す手段などない。だが、夜叉童子とかいう下種の持つ【復元の黍団子】なら話は別。復元というくらいだし、人間に戻すくらいできるだろうさ。

「じゃあ、とっとと殺し合いを始めよう！」

クロノの銃口を【腹グロ桃太郎】に固定して銃弾を放ち、バトルクエストは開始された。

【腹グロ桃太郎】が左手で無数の豆を投げると、それらは凄まじい速度で俺に迫る。バックステップでそれらを避けようとするが、豆は全て不自然に軌道を変えて俺を追跡する。それらを銃で全て撃ち落とす。

背後の上空から高速接近する雉マッチョの頭部を千里眼で指定、【チキンショット】で撃つ。光の線が走り、雉の頭部はあっけなく弾け飛ぶ。一歩遅れて俺の頭上に振り下ろされる猿の長い棒を左手で払うと同時に、クロノの弾丸を近距離でその頭部にお見舞いする。頭部を失い糸の切れた人形のように地面に伏す猿。さらに振り返りざまに左足を軸にして遠心力のたっぷり乗った右回し蹴りを俺の喉笛に嚙みつかんと迫る犬マッチョの心臓にブチかますと、一撃でその全身が粉々の肉片となる。

【腹グロ桃太郎】に視線を戻すとその黒色の腹を左手で叩くのが見えた。即座にバックステップすると、一歩遅れて黒色の雷が大地に突き刺さる。

(弱いな)

正直、クロノのストーカー、オーク王子殿下の方が遙かに強かった。というかこの程度なら一般雑魚と大差ない。唯一厄介なのは——。

クロノの銃弾が豆の入った木箱を持つ右腕を根本から吹き飛ばすが、丁髷が不自然に屈曲してその先の団子をオカメ仮面の口の中に放り込む。突如、ビデオの巻き戻しのごとく数秒で復元してしまう奴の右腕。丁髷は定位置に戻るとその先にまたポコンッと団子が出現する。

この回復力をなんとかしなければならんわけだが、攻略方法は明らか。あの丁髷を潰せばいい。もっとも、これが運営主催のゲームなのを鑑みればそう甘くはあるまいが。

奴の豆の投擲をクロノで撃ち落としつつ地面を疾走する。そして奴の丁髷の根本を指定し【チキンショット】を発動し、弾丸を放つ。弾丸は放たれた豆をグネグネと避けて丁髷を根本から切断する。

「これはだめか……」

案の定、ボコンと頭頂部から再度生えてくる丁髷に舌打ちする。

丁髷が駄目だとすると、どこを狙えばいい？　右腕と両脚は試したが、同じく即座に復元した。多分、他の部位も大して違いはあるまい。だが、これがゲームである以上、答えはあるはず……。

「考えるまでもないか」

そうだ。奴の全身のどこかに急所がある以上、難しく考える必要はないんだ。全てを壊せばいい。それでも駄目なら他の方法を考える。

足を止めると千里眼で奴の背負うのぼり、丁髷、頭部、四肢、胸部、腹部を指定し、連続発射する。銃弾は光の筋となって空を疾駆し【腹グロ桃太郎】の四肢をもぎ取り、胸部と腹部に複数の大きな風穴を開け、丁髷、そしてその仮面を粉々に吹き飛ばす。

仮面が砕け鬼の顔が露出された途端、高速の復元がピタリと止まる。なるほど、あの仮面が奴の急所ってわけか。どうでもいい事実だな。

「これでチェックメイトだ」

残された頭部を中心とした箇所を全て指定し、再度【チキンショット】で連続射出する。クロノの弾丸は幾つ(いく)つもの光の帯となって【腹グロ桃太郎】の肉体を粉々の破片まで破壊し尽くす。遂には、塵(ちり)となって空気に溶けてしまった。

《【腹グロ桃太郎】を倒しました。経験値とSP(スキルポイント)を獲得します。

藤村秋人の負った傷は完全回復します》

やっぱ、この程度の相手ではレベルは上がらないか。傷一つ負ってないしな。

《バトルクエスト【腹グロ桃太郎】クリア！　聖華女子高校旧校舎とその周囲1㎞は以後、人類に永久に開放されます。

バトルクエスト、【腹グロ桃太郎】のクリアにより【夜叉童子】から、【復元の黍団子（複数）】が藤村秋人に移譲されます》

天の声とともに俺の前に現れる袋。その中に入っている百を優に超える数の黍団子。あとは、これを鬼化した奴らに食わせるだけだ。

結論からいうと俺の予測通り、【復元の黍団子】は効果覿面に効き、鬼化したものを全員人間へと戻すことができた。

「ナナミン、おはよー。あれぇ、ケーコに小町ちゃんもいるのぉ？　皆なんで泣いているのぉ？」

間の抜けた声を上げる黒色の髪をおかっぱにした少女、二階堂綾香に七海、恵子、小町の三人が抱きついてワンワンと泣き出してしまう。

一応、【復元の黍団子】で外道法師とかいうクズの四肢も癒しておいた。後で警察にごちゃごちゃ難癖をつけられるのは勘弁だからな。ともあれ、終わり良ければ全て良しだ。まあ、原玄とかいうクズは死んでしまったが、奴は自業自得だし心底どうでもいい。

そろそろ警察が来るし、とっととずらかるとしよう。都合よく、皆、鬼化から解放された者たちの対応に手一杯で俺を気に留めていない。今ならすんなり姿を消せる。

聖華女子高校の玄関口を出たとき、夏笞院弥生と浅井のオッサンに呼び止められる。

「ホッピー、娘を助けていただき心から感謝する」

浅井のオッサンが深く頭を下げてきた。

「礼なら俺じゃなく、そこのチンチクリンに言うんだな。俺が此度介入したのはそいつのせいだ。まったくえらい迷惑だがな」

「ああ、夏笞院先生にも礼はしっかりする。だが、君がいなければ私は命より大切な娘を失っていた。それは紛れもない事実。ありがとう」

「ああ、そうしたいならすればいいさ」

そうだ。俺に恩を感じている様子だしこの団子、こいつに委ねてみるとするか。

浅井のオッサンにまだたっぷり入った【復元の黍団子】の袋を放り投げる。

「こ、これは？」

「まだあいつの犠牲者がいるかもしれん。それをあんたに預ける。適切に使ってくれ」

「君って男は……」

浅井のオッサンはしばし俺を凝視しながらブルブルと身を震わせていたが、やがて姿勢を正すと、

「承った。必ず有効活用させてもらう！」

大声でそう宣言する。右手を上げて今度こそ立ち去ろうとすると、

「アキト!」

弥生から呼び止められて肩越しに振り返る。弥生が神妙な顔でスカートの裾を摑んでいた。

「ん? お前が俺の名前を呼ぶとは、マジでキモイな」

いつもなら怒り狂う俺の悪態にも微動だにせず、

「あの子たちを助けてくれてありがと」

そうぶっきらぼうに叫び、顔を林檎のように真っ赤に染めて校舎の中に入っていってしまう。

「変なやつ」

なぜか、ドヤ顔の浅井のオッサンを尻目に、俺は首を傾げながら帰路についた。

ホッピーの勝利により得た黍団子を食べてあーやんは元の姿に戻る。その事実が嬉しすぎてホッとして皆で抱き合って涙が涸れるほど泣いたあと、ホッピーの姿を捜すが見当たらない。

「弥生先生、あの人は?」

小町が夏答院先生に、両手を胸の前で忙しなく絡ませながら尋ねる。

「あいつなら、もう去ったわ。貴女たちも疲れたでしょう。親御さんに連絡しておいたから、すぐにお迎えが来るわ」

「そう……ですか」

世界の終わりのように落胆する小町の姿に疑問を感じ、七海は問いかける。

「先生たちはホッピーが誰だか知っているんですか？」

あの狐仮面の男性はファンタジアランドのホッピーだ。人間離れした非常識な強さからもそれは間違いない。

「うん。でもそれは言えない約束なの。ごめんね」

「ごめん」

小町も謝罪してくるってことは彼女も知っているのだろう。ホッピーの正体か。すこぶる気になるが、この様子だと二人から聞き出すのは難しかろう。

「それは残念だな。あれほどの力を持つ人物など彼から色々聞きたかったんだが」

「同感だ。あれほどの力を持つ人物など世界広しといえどそうはいない。俺たちは運がいい」

真ん丸眼鏡に黒髪の男性クラマさんとサングラスに巨軀のエンキさんが話に混ざってくる。

彼らにはいくつか聞きたいことがあった。この際だ、尋ねることにしよう。

「外道法師はどうなるんです？」

「あー、奴は俺たちの業界の裁定機関に渡す。心配するな。事が事だしな。二度とシャバに出てこれやしねぇよ」

七海とケーコはもう少しで怪物化されそうになり、あーやんなど実際に鬼化されてしまったのだ。同情する気には微塵もなれない。むしろ自業自得だろう。

「それに仮にシャバに出られても、どうせもうあいつには何もできやしねぇよ。ホッピーにより完璧にその牙を折られちまったようだしな」

確かに外道法師は今も自身の身体を抱き締め、虚ろな目で念仏のように何やらブツブツと呟いている。

「ともかく、俺たちももう行くよ。あとの処理は警察に任せな」

「助けてくれて、ありがとう！」

振り返らずに手を上げて、去っていくクラマさんとエンキさん。

「ナナミン、私、目標ができたんだ」

小町が隣で彼女とは思えぬ力強い声色でそう明言してくる。

「うん、私もよ」

小町だけじゃない。きっと、ここにいるメンバーの皆も同じ気持ちだろう。

（正気の沙汰じゃないわよね）

そう。いくら七海たちがオカルト好きとは言っても、今までは自らバケモノ退治をしようとは夢にも思わなかった。だって、バケモノ退治は警察や自衛隊のお仕事。自分とはまったく無関係の世界。そう信じていたから。

でも、この事件でそれが全く見当違いな幻想であることがわかった。知性を持たぬ魔物だけじゃない。むしろ、知性の怪物である人間が今まで己を縛っていた理性という名の檻を破り、暴威を振るう。現在、そんな救いのない時代へ変貌してしまっている。

「私、強くなりたい」

もう、ただ泣き叫ぶしかできないなどというのはまっぴら御免だ。今度こそ皆を守れるような自分になりたい。自分の大切な人たちはもちろん、絶対の悪の猛威に泣き崩れている人をも救えるくらいに。

それは、たとえ相手がどんな強大な個人や組織でも悠然と現れ、利害関係すらも度外視して強きをくじき、弱きを助けるヒーロー。そう。あの狐仮面のヒーローのように！

「うん、あーしも」

七海の呟きにケーコが神妙な顔で大きく頷く。

「でも、このままじゃだめ。強くなる方法を見つけなくちゃ」

「じゃあさ、受験が終わったらまた皆で集まって対策たてようよ！」

小町が興奮気味に身を乗り出し、いま七海が主張しようとしていた提案を口にする。

「さんせぇ！」

未だに事情をよくわかっていないあーやんがそれに右手を上げておっとり気味に賛同の意を示す。それが可笑しくて、そしてどこかホッとして皆、一斉に吹き出したのだった。

あとがき

こんにちは、力水です。

書店でこの本を初めて手に取る方、はじめまして。WEB版を既読の方、いつもネットでお世話になっております。

今回、第1回 集英社WEB小説大賞で「大賞」という名誉ある賞をいただき、『社畜ですが、種族進化して最強へと至ります』の第一巻を刊行する運びとなりました。

私は某少年漫画に連載されているヒーロー系漫画に感化され、ヒーローものが書きたくて居ても立ってもいられなくなり、この作品を書き始めました。私が作品を書き始める動機ってこの手のことが非常に多いです。死ぬほど面白い物語があるとどうしても自分でも書きたくなってしまう。これってもはや病気の域だと思いますよ。はい。

では心底どうでもいい私の嗜好など脇におきまして、この作品についていくつか話していきたいなと。

ヒーローをコンセプトに、いくつかのファンタジー要素と私の厨二的妄想をまぜまぜして作ったのが、この作品です。実のところ、種族進化などの設定については真っ先に決まっていたのですが、物語のプロット段階では何度かボツにしています。最初の案では世界が崩壊した後のサバイバルだったんですよ。でも、あまりに内容がエグすぎて廃棄しました。だって、最初に東京壊滅しちゃいますし、ハードル高すぎでしょ。そんなこんなで、今も寂しく私のパソコン内でその原案は眠っております。

その原案より世界観をマイルドにしておふざけ要素を入れてできたのが本作品ってわけです。ま、おふざけ要素とは言っても、私にはギャグのセンスが致命的にないわけでして、生死のかかった緊張感のある場面で、さむいネタをブッ込むことにより、各シーンにシュールさを醸し出そうとしています。ですので、ギャグが笑えないのは、計算のうちです。そのはずです。きっと、そうです。そうであればいいなぁ。（次第に小声……）

あと、お気づきの方もおられるかもしれませんが、書下ろしに出てきた浅井七海はＷＥＢ版番外編の主人公の一人です。登場人物を無駄に消費するのが嫌だったのでこんな趣向を凝らしてみました。彼女の活躍をもっと見たい方は、ＷＥＢ版の番外編の方を読んでいただければ嬉しいです。ＷＥＢ版はこの書下ろしを読んでいなくても全く問題なく話を理解できるように構成していますが、読んでいれば、より楽しめる内容になっているんじゃないかと思いますので。

今回、本物語の主人公、秋人君は少しだけ男を見せました。この先も徐々に成長していき、ヒーローっぽいことをする予定です。でも、基本、秋人君はダメ人間の変態さんなので、今後も人格的な面では過大な期待をせず、生暖かい目で見守っていただければと。

さて、もう書くことがありません。ですので、ここからは謝辞を贈らせてください。

まずは、第1回という記念すべき集英社ＷＥＢ小説大賞の大賞にこの作品を選んでくださったダッシュエックス文庫編集部様、どうもありがとうございます。賞の告知を受けたとき、しばし、欣喜雀躍していました。

次に、丁寧な校正をしていただいた担当編集者様、誤字脱字が多くかなりの負担を強いてしまったと思います。大変お世話になりました。あと、私の都合による無茶なスケジュールにつき便宜をはかっていただき感謝に堪えません。

また、高品質で、綺麗なイラストを提供してくださった、かる様。正直、このイラストだけでも買う価値がある完成度でした。どうもありがとうございます。

そして、ＷＥＢ版からこの『社畜ですが、種族進化して最強へと至ります』を応援してくださった皆様方、この本を実際にご購入してくださった皆様方、皆様のおかげでこの本を無事刊行することができました。心から感謝いたします。どうもありがとうございました。

それでは、読者の皆様、またお会いできるのを楽しみにしております。

力水

この作品の感想をお寄せください。

あて先　〒101-8050　東京都千代田区一ツ橋2-5-10
集英社　ダッシュエックス文庫編集部　気付
力水先生　かる先生

ダッシュエックス文庫

社畜ですが、種族進化して最強へと至ります

力水

2020年11月30日　第1刷発行

★定価はカバーに表示してあります

発行者　北畠輝幸
発行所　株式会社　集英社
〒101−8050　東京都千代田区一ツ橋2−5−10
03(3230)6229(編集)
03(3230)6393(販売／書店専用)03(3230)6080(読者係)
印刷所　図書印刷株式会社
編集協力　法貴仁敬(RCE)

ISBN978-4-08-631392-6 C0193